瀬戸内海賊物語

ぼくらの宝を探せ！

黒田 晶

原案◉大森 研一

静山社

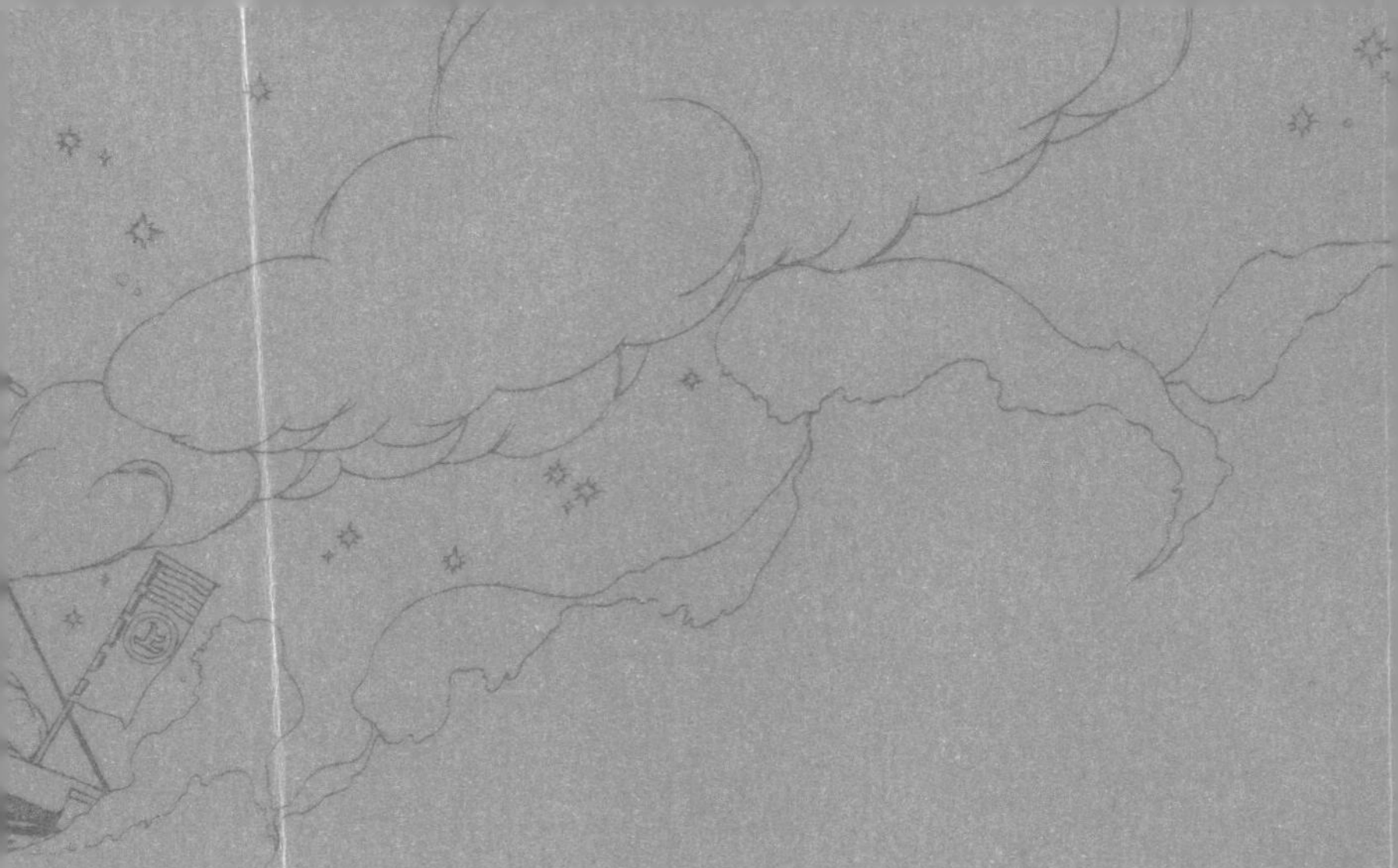

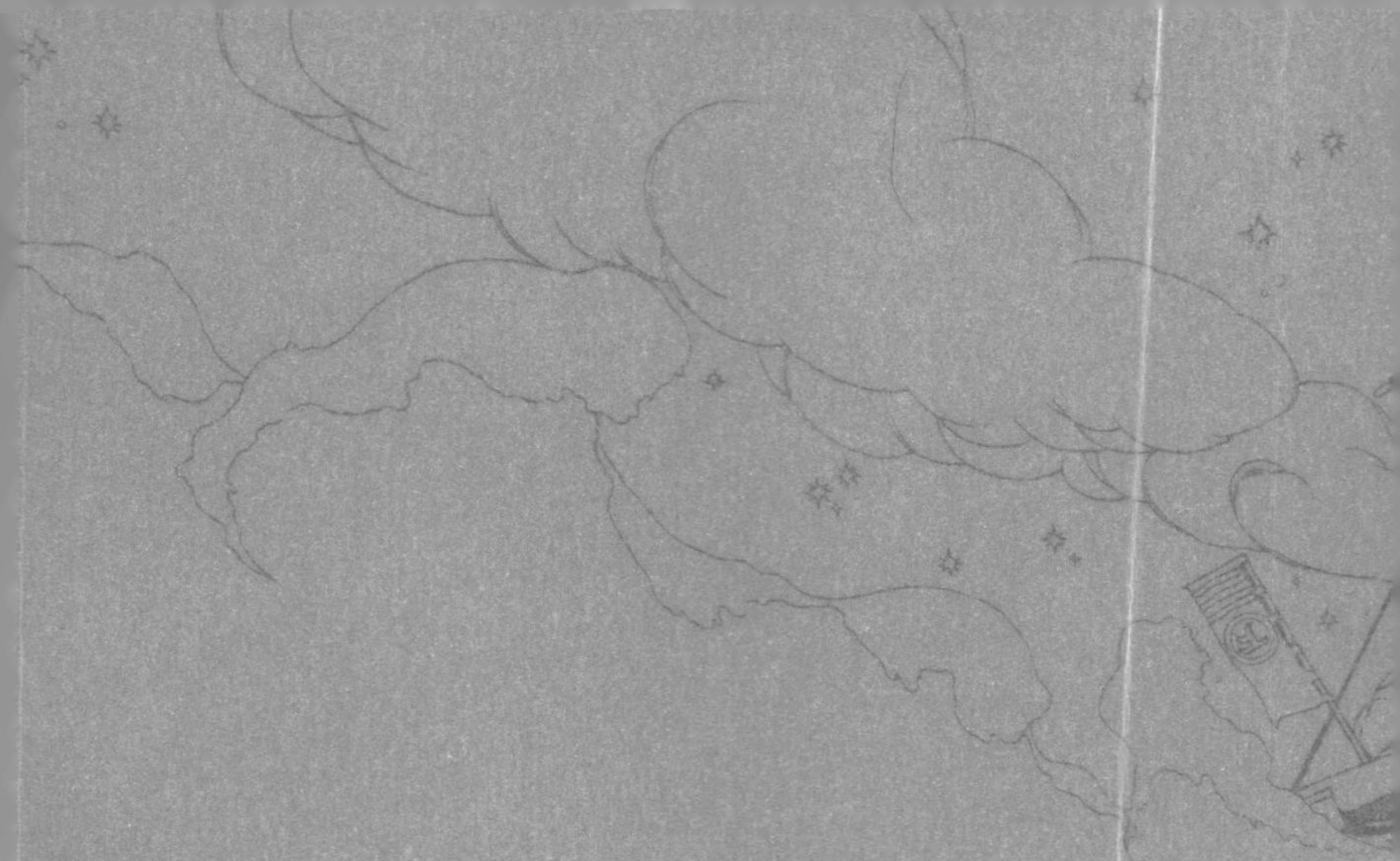

プロローグ

風が、吹《ふ》いている。

無数の松明《たいまつ》とのろしが辺りを赤く照らし、まるで昼のように、すべてに濃《こ》い影《かげ》を落とす。

張りつめた空気の中、時を知らせる太鼓《たいこ》がドォン、ドォンと、海賊《かいぞく》たちを揺《ゆ》らさんばかりに鳴り響《ひび》く。

海上には、大小さまざまの船が浮《う》かぶ。そのどれもが、いつでも来いとでも言うように、敵のやってくる海の向こうへと舳先《へさき》を向けている。

戦いが始まる。一瞬《いっしゅん》の油断が、命取りとなる。

気を張っていなければ、自分たちの暮らしを守ることは出来ない——それぞれの船で戦いを待つ海賊たちは、勝利を強く願いながら、ある人物に希望を託《たく》していた。

陣営《じんえい》の後方、その中心に据《す》えられた大将船《たいしょうぶね》。姿は見えなくとも、彼らはみんな、自分たちの戦いの女神を胸に想い描《えが》き、その声が彼らを突《つ》き動かすのを待っていた。

同じ頃《ころ》。浜《はま》に、放たれた矢のごとく素早い影が現れた。そして、ひとまわり大きな影がそれを追う。先を進む小さな影は、紺《こん》色の鎧《よろい》に身を包んだ美しい娘《むすめ》。後ろから近づいていく影は、赤い鎧に身を包んだ逞《たくま》しい若者だった。

船の松明の光が浜を照らし、ふたつの影の距離が近づいたり離れたりするたびに、伸《の》び縮みする。やがて若者が娘に追いつき、がっしりと力強い腕《うで》が娘の肩《かた》をつかんだ。

「放せ！　安成《やすなり》」

「なりませぬ、姫《ひめ》さま！」

がっちりと肩をつかまれていても娘は前へ進もうとするので、安成と呼ばれた若者は渾《こん》身《しん》の力で引き止める。

「鶴姫《つるひめ》さま、どうか！　姫をお守りすることが、この安成の務め。今宵《こよい》の戦はどうか！　私にお任せくだされ」

安成は才能に恵まれており、その明晰《めいせき》な頭脳であらゆる戦局を乗り越《こ》えてきた。戦で求められる判断を的確に下し、時には大胆《だいたん》に勝負をかける安成は、冷静な人物として知られている。だが、自分の主《あるじ》であり、恋人であり、幼い頃から共に育ってきた鶴姫の前でだけは、いつものように冷静なだけではいられなくなる。

「兄上亡《な》き今——わが軍を率いる者は、私だけだ」

いつしか、鶴は安成に抗《あらが》おうとするのをやめていた。静かな、鈴《すず》のように軽やかな声をしている。

竜神《りゅうじん》の生まれ変わり、と評されるほど艶《つや》やかな美貌《びぼう》を持ち、弓を持たせれば右に出る者はいないほど正確に的を射ることが出来る。それでいて、いつも落ち着いている。安成も、本当は分かっていた。この戦局で、鶴が大将として表に出ることが、何よりも兵士たちの士気を上げるだろうことを。

太陽に晒《さら》され、少し日に焼けた滑《なめ》らかな肌《はだ》に、凛《りん》とした唇《くちびる》がきゅっと結ばれている。蒼《あお》い鎧に身を包んだ姫の大きな黒い瞳《ひとみ》は、燃えたぎる闘志《とうし》をたたえて輝《かがや》いている。その瞳を見つめていると、ますます安成は何も言えなくなってしまう。

そして、鶴が言った。

「島を、守りたいのだ」

もちろんその声には、島の民《たみ》を守る者としての責任も、兄のかたき討《う》ちへの執念《しゅうねん》も宿っていた。でも安成の心に響いたのは、自分たちの大切な場所である「島」への想いだった。

「安成、もう一度言おう。鶴はこの島を、守らねばならぬのだ」

姫の両眼が、いっそう強く光った。その瞳は海を埋《う》め尽《つ》くす船の上で灯《とも》された松明を映しているのか、まるで何万という星が瞬《また》いているようだ。

その意志は、決して揺らがない。

島を守る。それは安成にとっても、恋人を戦場へ行かせたくない気持ちよりも、もっと強く抱《いだ》いている想いでもあった。

安成は、すべての想いを込《こ》めて鶴にうなずいてみせた。すると鶴はにっこり笑って、自分の右手を彼の厚い左手に重ね、その中に何かを握《にぎ》らせた。

安成が手のひらをゆっくり開いてみると、小さな鈴がふたつ、そこに載《の》っていた。

「これは――」

鶴が大切にいつも身に付けていた、母親の形見の鈴。鶴が傍《そば》にいると、ふとした瞬間《しゅんかん》に「ちりん」と鳴るふたつの鈴は――安成にとっては、鶴そのものと言っていいほど、懐《なつ》かしく、嬉《うれ》しいものだった。

「お前にひとつやろう。もうひとつを、私が持つから」

それぞれの手のひらに、ひとつずつ鈴が包まれている。

自分たちの運命を受け入れた姫と若者は、静かに微笑《ほほえ》みあった。言葉には出さないけれど、強く誓《ちか》いあっているのをお互《たが》い分かっている。

「島を、絶対に守る」

先に進むしか、ないのだ。共に戦うことこそが——自分たちの道なのだ。

お互いを見つめあうことをやめた鶴と安成は、同じ方角へと顔を向けている。二人の瞳が見つめているのは海の向こう、今にも姿を現さんとする敵軍だ。

ついに、大将船の甲板《かんぱん》に鶴が現れた。その姿を待ち望んでいた兵士たちの意気は、最高潮を迎《むか》えている。

「いざ！」

出陣を告げる鶴の声が、辺りに鋭《するど》く響く。

「ウオオーッ！」

島も海も、すべてを揺らそうとするかのように。兵士たちの鬨《とき》の声が、島を守るという運命に応えようと、地鳴りのように低く響き、広がっていった。

第1章　鈴の鳴る島

風が、吹《ふ》いている。

丘《おか》の上からは海が、ずっと向こうの方まで見渡《みわた》せる。水面《みなも》が太陽を反射して、キラキラ光って、少しまぶしい。

小さな島の影《かげ》、大きな島の影が、ところどころに浮《う》かんでいる。今日は天気がよくて、暖かい。

俺《おれ》は少しだけ、東京のことを忘れていた。離れたくなかった、友達のいる場所。家族みんなで、住んでいた場所。

海って、こんなに静かなんだ。俺の知ってる海は、波が大きくて、灰色っぽかった。少しだけ、怖《こわ》かったけどワクワクしたのを覚えてる。家族みんなで車で行ったんだ。跳《は》ねたしぶきが顔にかかって、ちょっと冷たくて、嬉《うれ》しかった。

でもこの海は青っぽい緑というか、不思議な色をしてる。図工の時間に、バケツに絵の具を溶《と》かして、こんな色を作ったことがある。

なんだか気持ち良くなって、草の上に寝転《ねころ》んでみた。

ざわわ、と耳元で、風が草の上を通っていく音がする。知らない虫の声もたくさん。遠くのずっと下の方で、車のエンジン音。

暖かい太陽の光をこのまま浴びていたら、俺も、さっき見た船の上で漁をする人たちみたいに、日焼けしていくのかな。

そしたら誰《だれ》も、俺が東京から来たことなんて、分からなくなるのかも。

あ。

遠くから、何かが響《ひび》いている。とても小さい音だから、俺は耳をすます。

ちりーん。ちりりん。

なんだろう、あれ。

俺はずっと耳をすまして、その音を聞いていた。

それはとても不思議な音で、虫の声でも鳥の鳴き声でもないようだし、それともどこかの建物から聞こえてくる音なのか、分からなかった。

でも、聞いてるうちに、さっきよりは気分が良くなっていた。

だから母さんに呼ばれるまで、もう少しこのまま目を閉じていようと想った。

誰かの、優しい指先が俺の頰《ほお》に触《ふ》れた気がした——目を閉じているから、誰の手かは分からない。

でも、それはとても不思議に、気持ち良かったんだ。

ざわざわと、草むらを渡る風の音。かすかに響く、あの小さな音は——もしかしたら、鈴《すず》の音かもしれない。

鈴鳴島《すずなりじま》、それがこの島の名前なんだ。

『麻田冬樹《あさだふゆき》』

先生が、俺の名前を黒板に白いチョークで書いていくと、教室中の目が文字を追いかける。こんなふうに教室の前に立たされて、注目を浴びるのは苦手。

「麻田クンは東京から来て、こっちには不慣れやけん、みんな、いろいろ教えてやるんぞ」

メガネをかけた先生は、前の学校の担任だった大崎《おおさき》先生よりもずっと若くて、なんかちょっと頼《たよ》りなさそうだ。それにいつも「冬樹」って呼ばれてたから、「アサダクン」なんて言われるのは、なんか落ち着かないような、変な感じ。

俺は、後ろの黒板に書かれた「六年生の目標」という文字を見るようにしてた。前を向いてるんだけど、なるべく誰とも目が合わないように。ぼんやりと、東京の友達の顔が頭に浮かんでは消えていく。一番仲が良かったダイキ、リク、カイト、ユウキ。あいつら、どうしてるかな。

「センセー」

一番前の席に座っている、髪《かみ》の毛を肩《かた》まで垂らした小さい女子が、手を挙げた。

「なんや、朱里《あかり》」

「麻田クンは、どこの島なん？　ウチらの島と違《ちが》うよね」

どこの、島。俺はこれまで、そんなこと聞かれたことはなかった。

「ええ質問やなぁ、ナイス」

先生が、メガネの奥で目を細めて笑った。声がちょっと高くて、気弱そうな感じがする大人。

「鈴鳴島やね」

先生が島の名前を言うと、教室の中が少しざわついた。

「ほんとに？」

「楓《かえで》と学《まなぶ》と——愛子《あいこ》と、同じやな」

「ま〜た、楓の子分が増えるんか！　かなわんな！」

誰かの言葉に、みんながワーッと笑った。俺は、なんで笑うのかよく分からない。

「麻田クン、愛子は知っとるん？」

先生に尋《たず》ねられ、俺は少しうなずいてみせた。廊下《ろうか》側の端《はし》に座っている、背が高くて色白の女子の方に目線をやると、向こうもこっちを見ていた。

「はい。親戚《しんせき》、だから」

宮本《みやもと》愛子の家は、母さんの遠い親戚らしい。つい最近初めて会ったから、よく知らないけど。なんで母さんが、こんなに何もなくて――小学校に通うだけでフェリーに乗らなきゃいけないほどの場所に住まなきゃいけないと想ったのか、俺には分からない。今まで働いたこともないのに、東京を離れて。

「なーんか、暗くない？」

突然《とつぜん》、誰かの声が教室中に響いた。

ぼんやりしてた頭が、突然その場に戻された感じだ。みんなの視線が、その声の先を探すように教室の後ろに向けられていた。窓側の席に座る、ショートカットの女子。

でっかい目が、黒くキラリと光る。

「よろしく、冬樹！」

その子は目がなくなるくらい、思いっきりニッ、と笑った。

なんか、あんまり女らしくない感じのやつ。いきなり「暗い」なんて言われて、しかも呼び捨てだし。ちょっと、ムカつく。俺は何も言わず、軽く頭を下げてみせた。

「いかんてー、もう楓に頭下げとるやん」

その女子の前に座る、メガネをかけた小さい男子が叫《さけ》んだ。また、教室中に笑い声が響く。こいつはなんかコロコロ丸っこくて、なんかのキャラみたい。

先生が手を叩《たた》いて、みんなの注意を集めた。

「ホラ、騒《さわ》がない。いいか、麻田クンも同じ鈴鳴島やから。世話してやり」

このクラス、生徒数は東京の学校と同じくらい。けど学年には一クラスしかない。それに、この学校に通ってくる子供たちはいろんな場所から来てる。


ここは、瀬戸内海《せとないかい》っていう海の真ん中。そこには島が、大きなものから小さなものまで浮かんでる。この学校がある島は、神島《かみじま》っていう。この辺りでは大きい方の島だから、周りの小さな島々に住む人々は、ここに仕事や学校のために通ってくる。島によってはそれぞれに橋が架《か》けられていて、バスや車で移動するんだけど——俺が住むことになった鈴鳴島みたいに小さなところからは、フェリーっていう船に乗って来るしか方法がない。

そう、俺はこれから毎日、船に乗って学校に通う。

あのなれなれしいやつと丸っこいメガネも、俺と同じ島に住んでるらしいな。

「じゃあ冬樹、窓側から二番目の空いてる席。あっこ、楓の横に座って。いろいろ教えてもらうんよ」

いつの間にか、先生の呼び方が「アサダクン」から「冬樹」になっていた。

俺、実はちょっと緊張《きんちょう》してる。けど、それを気付かれたくなくて、出来るだけ表情を変えずにうなずいてみせた。

こっちを見てくる興味しんしんな顔たちの間を通り抜《ぬ》けながら、俺は教室の後ろへと歩こうとしていた。すると突然、女子の、少し硬《かた》い感じの声が教室の廊下側からあがった。

「先生！　冬樹クンはウチの隣《となり》にしてください、教科書とか一緒《いっしょ》に見せたげれるけん」

あれは、知ってる声だ。

「愛子か〜」

先生がなんか、妙《みょう》にのんびりした声を出した。この先生、怒《おこ》ることってあるのかな。

廊下側の一番後ろに座る愛子が、こっちを見ている。背が高くてスラっとして美人だけど、気が強くてキツい感じがする。なんか、ちょっとだけ苦手だ。ヘンに大人っぽいし。親切に、いろいろ教えてくれようとしてるのは分かるけど、正直いって、あんまり女子とばっか一緒にいたくない。

第一、面と向かって「愛子」って、名前だけで呼ぶほどは親しくないいし、向こうも「冬樹クン」って呼んでくる。

「まあ家に戻《もど》ったら、どうせいろいろ教えてあげる機会も多いんやろ。学校では、楓と学が冬樹の面倒《めんどう》みてあげ。センセは、いろんな人と仲良うなってほしいんよ」

先生が俺を見てから、教室の後ろを見た。行け、って意味だと想ったから、俺は新しい自分の席を見つけにいく。

さっきの、楓って女子の横で、学って呼ばれてたメガネは左斜《なな》め前の席だ。

「こいつら、鈴鳴島の凸凹《デコボコ》コンビなんよ。良かったなあ、メンバー増えたやん！」

学の隣にいる坊主《ぼうず》頭の男子が、笑いながら言った。

「冬樹、こいつ翔太《しょうた》っていうんよ。よろしくしたげて。神島、つまりこの島に住んどるんよ」

学ってやつが、丸っこい人差し指でメガネを上げながら言う。

「よろしく」

「なあなあ、緊張しとん？」

楓ってやつは、さっきから、じっとこちらをニヤニヤしながら見ている。

「あ、まあね」

「まあ——ほうよなあ。東京から来たんやろ？　全然違うことない？　ここって」

学ってやつが、ウンウン、って学者みたいにうなずきながら言った。

確かに、それは想う。

「……なんか、すごいな。いろんな島から生徒が集まってる、って」

俺がそう言うと、席の周りのみんなが俺の方を振り向き、それぞれ喋《しゃべ》り始めた。

「ねね、東京って、どんな感じなん？」

「どっちの学校が大きいん？」

話しかけられるままに、フェリーに乗ったのはこっちに越《こ》してきて初めてだとか、関西方面に来たのも生まれて初めてだとか、あっちこっちに顔を向けながら答えていった。

「冬樹クン、東京の子やもんね。彼女《かのじょ》くらい、おったんと違う？」

「いないよ、そんなの……」

ワーッ、と周りにいるやつら、特に女子たちが笑った。

「カワイイー」

「イケメンやけんなぁ！」

やめてくれ、なんか、くすぐったい。自分よりも背が低い女子に「カワイイ」なんて言われてしまうと、悔《くや》しい感じもある。まあ、少しは悪い気もしないような。

「冬樹、赤なっとるで」

楓ってやつが、俺を指差しながら一番でかい声で言った。

「や、やめろよ！」

実は俺って、女の子を好きになったことは、まだない。もちろん、かわいいなって想うことはあったりするよ。でも、そんなの恥ずかしいし変な感じがする。東京では、男子と女子が付き合うとかって言ってるやつらもいたけど、俺は別にそういうの、興味なかったし。好きとか言われたこともあるけど、よく分かんなかった。

「コラ！　お前ら」

先生が声を大きくして言った。

「仲良うするんはええけど、授業のあとにせえよ」

俺はもちろん黙《だま》ったけど、それにしても、この先生。全然怖くないな。

「ほしたら、教科書開いて」

さっきよりは、ちょっと心が軽くなったかも。

「あ、教科書か。ホラ」

隣の楓って女子が、ガタガタと机を動かして俺の机にくっ付ける。

「ありがと」

俺が前の学校で使っていた教科書とは、別の教科書だ。でも内容は塾《じゅく》でやったところだから、もう分かってる。

窓の外は、全然見覚えのない風景だ。

なんか、分かんないや。やっぱりこんなとこ、来たくなかった。俺は頬杖《ほおづえ》をついて、なんとなく左側の窓へと目をやった。

そしたら、前の席のやつ——翔太って言ったっけ、あいつが後ろを向いてきて、こっそり俺に言ったんだ。

「冬樹、なんで鈴鳴島に来たん？　すぐに出ていかんといかんのに」

それは別に、本当に不思議だって感じの顔で言ってたけど、俺にはなんのことか、よく分からなかった。


子供ってさ、いつもすごい損してる。

だって、大人の都合にふりまわされてばっかりだ。子供だけじゃ、何も出来ない。何を決めることも出来ない。

例えばさ、どこに住むかって、ことだけど。

どうして大人は分からないのかな、何も知らない場所に行くことが不安なことを。新しいクラスでうまくやっていける？　友達と離れて、また新しい友達なんか出来るのかな？

子供だって、不安なんだ。

そういうこと、大人は全然分かってない。怖いんだってことを。でも怖いってバレたら恥《は》ずかしいし、みんなをがっかりさせたら、こっちが悲しくなる。だから子供は、隠《かく》さなきゃいけない。あんまり誰とも喋りたくないのは、それでだ。だって本当の気持ちを見せてしまったら、まずいから。

いつの間にか、左の手首辺りをガリガリ掻《か》いていた。こういうことを考えていると、最近、痒《かゆ》い時がある。

どうしようもないって、分かってるんだけど。自分で決められないのって、悔しい。

俺が毎日どんな気分でベッドに入っているかなんて、誰も分かりっこない。誰も、分かってはくれない。新しい学校に通うようになって、なんか面倒なんだ、何もかも。

遠くで、動物の鳴き声だろうか、唸《うな》り声がする。

「冬樹、起きなさい」

シャッ、とカーテンが開かれる音のあとは、窓から射《さ》し込《こ》む光がまぶしくて、俺は布団に潜《もぐ》り込む。

「冬樹」

ぎゅっと握《にぎ》りしめた布団の端が、強い力で逆側にめくられていく。

「……まぶしい」

布団の国から外の世界へと、無理矢理地上に出されたモグラみたいな気分の俺が薄目《うすめ》を開けると、目の前の母さんが、新しい仕事で着なきゃいけない灰色のベストとスカートを着て、立ってた。

変な服――見慣れないな。俺が通う予定だった中学の制服より、ずっとずっとダサい。

母さんが働いてたのって、父さんと結婚《けっこん》する前までなんだって。

引っ越しの日に初めてフェリーに乗ったんだけど、その時に言ってた。母さんは今、島の中にある造船所、造船所ってなんのことだか分かる？　船を造る工場のことなんだけど、愛子の家がそうなんだ。母さんは、そこで働いている。ジム員、だって。詳《くわ》しくは知らない。船を直接造る仕事ではないみたい。電話をとったり、お金の計算をしたりするんだって。

なんでこの場所に来たのか、母さんがちゃんと説明してくれたことは、まだない。

そのことを想い出したら、なんだか、飴《あめ》がのどに詰《つ》まった時のような感じがして、苦しくなってしまった。

俺の目と目の間辺りに、ぎゅっと力が集まる。

「冬樹、朝からそんな顔して」

またあの、母さんの悲しい声だ。いつもみたいな寂《さび》しい顔をしてるんだろうから、俺は見たくないと想った。ぐるりとベッドの上で、ダンゴムシみたいに丸くなる。あの、外から聞こえてくるブーンって蜂《はち》の羽みたいな音は、動物の鳴き声でもなくて、畑で使う機械が立てる音だってこと、俺はもう知ってる。

「起きて、学校だから」

もっと眠《ねむ》っていたいし、学校なんて行きたくない。でも、そんなことを母さんに言うのも面倒だと思った。黙って布団から出て、俺は洗面所に行った。

「スープ飲むでしょ?」

母さんに言われ、俺はただ黙ってうなずいた。まだ頭の中が、曇《くも》り空みたいな感じ。寝《ね》ぼけてる。

この家は、東京のマンションとはだいぶ違う。

部屋と部屋を仕切るガラス張りのドアは、木で出来ていて、横に滑《すべ》らせて閉める時にはガタガタ、ピシピシ、と音を立てる。床《ゆか》はタタミで、歩くとミシミシいう。浅草のおばあちゃんちにはタタミの部屋があったけど、ウチのマンションにはなかった。タタミの家に住むのは初めてだ。歩いた感じが、なんか変に柔《やわ》らかくてまだ慣れない。

この家が嫌《きら》いすぎて、自動的に東京のマンションを想い出しちゃうんだ。今、父さん独りであの家にいるのかな。それとも、浅草のおばあちゃんちに行ってるのかな。

寂しいって、想ってるかな。俺と同じように。

それとも友達の家に住んでて、もう俺たちのことなんて忘れてるんだろうか。

「冬樹、急いで」

「……分かった」

この家のキッチンにあるテーブルには、二人分しか椅子《いす》がない。どっちがどっちに座る、なんてのは決まっていない。どっちかが座らなかった方に、もう片方が座るだけ。

赤いクッションが置いてあるのが母さんの場所で、緑は俺の。青いクッションは、父さんの場所だった。

ずっと前からの、あたりまえの決まりごと。それがなくなってしまうなんて、全然想ったことがなかった。

日曜日になると俺たち家族は、それぞれの大好物を朝ご飯に食べるんだ。父さんは納豆たまごかけご飯、母さんはフレンチトースト、俺は三段のパンケーキとソーセージ。普段《ふだん》の父さんは仕事がとても忙《いそが》しいし、俺だって塾に行ったりだし、みんなで一緒にご飯を食べることはあまりない。母さんは、それがすごくイヤだったんだって。

でも、日曜日の朝は全員集合してたし、母さんが作ってくれた朝ご飯を美味しいと想って食べてたんだ。

「冬樹。宮本さんとこの愛子ちゃんが、学校の帰りに寄ってほしいって」

……なんでだよ。

「母さん、なんで愛子は俺に直接言ってこないの」

「さあ。恥ずかしがり屋なんじゃないかしら」

母さんはそう言ってから、ふふ、と笑った。

「親切にしてくれてるのよ。母さんの仕事が終わったら一緒に帰れるし——遊びに行かせてもらいなさい」

「…………」

なんか、俺はすごくイライラした。何か言いたかった。でもどうしても、どういうふうに何を言ったらいいのか分からなかった。

勝手だ。

勝手すぎる。

誰と遊ぶかなんて、俺が決めることなのに。それなのに、決められたことみたいな話し方をされて、そうだ俺って友達がいないんだってまた気付いて——すごく寂しくて、心細い気持ちが戻ってきた。

この気持ち、いつも行ったり来たりしてるんだ。全然平気だって想う時もある。でも、ふとした瞬間《しゅんかん》に——叫びたくなるくらい胸が苦しくなって、心細くて、不安になるんだ。

でも、心とは反対の言葉が自動的に出てきていた。いつも同じだ。

「分かったよ、母さん」

まあ、仕方ない。だって子供は何ひとつ、自分で決めることは出来ないんだから。

こんなの慣れてる。

そうそう、あの船を造る場所を見るのは少しは面白いかな。

宮本さんの家は、俺と母さんが住んでいる場所からだと、島の反対側にある。大きくて、古い家。昔から、ずっとあるんだって。

船の工場は家の隣にある。三階建てのビルの工事現場みたいで、大きな船を造っている。島と島の間を移動するフェリーを造ってるんだって。宮本さんちの裏には階段があって、そこを下りていくと、ボート置場と、外からは誰も入れない浜《はま》があるんだ。

なんで知ってるかというと、引っ越した次の日、まだ段ボールを一個も開けないうちに宮本のおじさんがウチにやってきて、母さんと俺を車に乗せて工場へ連れていってくれたんだ。階段を下りて浜辺に着くと、工場の人たちがいて、歓迎会《かんげい》だって言って、バーベキューをしてくれた。すごいでっかいエビとか、貝つきのホタテとか、タコとか魚とか、たくさんごちそうがあった。

そこには宮本さんの奥《おく》さんと、愛子もいた。母さんは、なんかずっと下を向いて、ペコペコ頭を下げていた。

なんか、すごいごちそうだったけど――全然食べられなかった。なんか落ち着かなくて、俺も母さんみたいに頭を下げなきゃいけないような気がしていて。

そこには子供が愛子と俺しかいなかったから、なんとなく自然に、俺たちは横に座って少し喋った。

愛子は俺に兄弟はいるか、と聞いた。いないよ、と言うと、兄さんがいることを話し出した。兄さんはバーベキューに来ないの？　と尋ねると、兄ちゃんはこういうの嫌いなんよ、と言っていた。

父さんと母さんがいて、しかも兄さんもいて、家の裏には浜があって――なんだかウチとは全然違うんだな、と想ったのを覚えている。

みんな親切なのは分かったんだけど、あの日は早く、家に帰りたかった。


「冬樹、帰ろや！」

学校が終わると、学と楓ってやつらはあたりまえな感じで俺と一緒に帰ろうとする。宮本愛子は、帰りの時間になると、すぐに教室を出ていってしまう。放課後クラブに入っているらしいから、俺たちと一緒のフェリーで島に戻ったことは、今のところない。島から島へ移動するためのフェリーは時間が決まっていて、一時間に一本だけだ。

前に愛子に話しかけられた時、俺も放課後クラブに誘《さそ》われた。ミニバスケのクラブに入

ってるらしい、でも俺はあんまり興味がなかったから断った。ちょっと寂しそうだった

――誰かと一緒に帰りたいのかな、って想った。

でも、関係ない。俺は別に、何も出来ないから。

学校からフェリー乗り場まで歩いて、十五分くらいだろうか。道端に生えてる草をちぎったり、島のことをいろいろ喋ったりしながら、俺たちは歩いていく。

見たこともない草とか、虫とか、海を挟《はさ》んで向こう側の島の名前とか、鈴鳴島のことか。特に学ってやつは本当に物知りで、いろいろと教えてくれる。

そういうのは、ちょっと気持ちがいいし、面白いなって感じる。

「なあ、今日はウチに遊びに来ん？　面白いもの見せたげるけん」

楓が言った。まだあんまり知らないけど、こいつは相当におてんばだってことがだんだん分かってきた。走るのがすごく速くて、男子にも負けないくらいだ。楓はクラス全体の中心にいるボスってわけじゃないけど、なんか一目置かれているみたいだ。

そういえば、このクラスって「ボス」がいない。なんとなくみんな、自分が住んでる島同士で一緒にいて、その中でリーダーっぽいやつがいるような感じなんだ。仲が悪いわけじゃないんだけど、まるで見えない線が引かれていて、島ごとに分かれているような感じなんだ。

「なあ、あのさ。ウチのクラスって、一番強いやつみたいのっていないよな」

「ん？　なんて」

学がいつものように、クイっとメガネを引き上げながら、意味が分からない、っていうような顔をした。

例えば東京の学校だと、クラスに一人はボスがいるんだ。もちろん今のクラスみたいにグループには分かれてるんだけど、なんか一番目立つやつがいて、その下にみんながついてくる、みたいな——そいつが意地悪なやつだったり自分とあわないやつだと最悪なんだけど、でも一応はそいつの言うことを聞かなきゃいけないような——そんな感じなんだ。

「だけどさ、俺らのクラスって——島ごとに分かれてて、例えば俺らだったら楓が一番目立つけど、そういう感じのやつが何人もいるってふうだよな」

「え、ウチがボスってことなん？　参ったな。まあこの中やったらウチが一番なのは仕方がないわい」

楓が顔をクシャクシャにして、大笑いしながら言った。こいつ、黙ってたらちょっとはかわいいのに、自分で全部だいなしにするんだよな。

「それな、多分やけど。ボクらの祖先も関係しとると思う」

「どういうこと？」

俺が尋ねると、学が答えるより前に、いきなり楓が後ろを振《ふ》り向いて、ピョンと跳ねた。

「おーい、センセ！」

振り向くと、誰かが自転車に乗ってこっちに向かっているのが見えた。よく目をこらしてみたら、確かに俺たちのクラスの担任、宇治原《うじはら》先生だった。

自転車はすぐに俺たちに追いついて、先生はハアハアと息を切らしながら自転車から降りた。

「センセ、どこ行くん」

「ん、今治《いまばり》のな、本屋に行ってこうわい」

「センセ、デートやろ！　デート！」

「何言うとん！　先生はな、勉強の本を買いに行こうとな」

「ははは！」

楓も学も、先生が困った顔をするのを面白そうに笑った。つられて俺も、少しだけ笑ってしまった。

先生が、苦笑いしながら俺に言う。

「こいつら、ほんとかなわんわい。冬樹、こんなんやけど大丈夫《だいじょうぶ》なん？」

大丈夫か、と言われて俺は少し困ってしまった。まあ、でも大丈夫だな。

「はい、大丈夫です……」

「冬樹は大丈夫やって！」

「ウチらが面倒、バッチリみとるし」

楓と学が俺の背中をバンバン叩きながら、先生に自信満々で言い返す。この先生が、大人なのに怖くないせいもあるかもしれないけど。なんか友達みたいな感じで、ほんとに大丈夫なのかなぁ。

先生は自転車を押し、俺たちと一緒にフェリー乗り場へと歩き出した。

「冬樹、だんだん慣れてきたん？　まあ、だいぶ東京とは違うやろし」

「あ、はい」

横からよく見てみると、先生は結構背も高くてかっこいいんだけど、猫背《ねこぜ》だし眉毛《まゆげ》がハの字でなんとなく、気が弱そうっていうか。だから、みんなからちょっと友達みたいな感じで思われてるのかな。

「いろいろ、島の中とか、連れてってもろたん？　鈴鳴島はいろいろと、歴史的にも面白いとこやけん」

「あ、センセ。あんな、ボクらのクラスって、島ごとにみんな分かれとるやん？　でもみんな仲良うやっとる。それって、ボク、水軍の歴史が関係しとると想うんやけど。別の場所に住んどって、それぞれリーダーがおるけども、ちゃんとみんな、仲良うして協力できる――それって、水軍ぽくない？」

「お、学。それ面白い意見やね。冬樹、知っとるか？　この辺りの歴史」

「いえ」

「この辺り、瀬戸内海の島々には昔、水軍と呼ばれる人々がおってな」

「すいぐん？」

聞いたことない言葉だ。

「どういう字ですか？」

「水軍。水に、軍隊の軍と書いて、水軍よ。今から六百年ほど前には、この瀬戸内海には海賊《かいぞく》がおったんよ。海賊……まあ、水軍て言うとくけどな、この辺りの海は波もなくて、優しぃ見えるけど、潮の流れはキツいけん、ここを船で渡《わた》っていくんは危険がつきもんよ。そこで現れたのが、水軍や。彼らは海のエキスパートやからな、潮の流れもよう知っとる。船の水先案内を引き受ける代わりに、案内料をしっかりいただくと、そういうわけよ。腕《うで》も強いし確かやし、いろんな大名たちが瀬戸内海の水軍を自分の軍に入れたがったんよ。でも、彼らはどこの権力にも属さなかった。自由で誇《ほこ》り高い、海の男たちよ。その中でも一番の勢力をほこったのが、村上武吉《むらかみたけよし》率いる、村上水軍な」

「ウチのご先祖さまやん！」

いきなり、楓が大声で叫んだ。

「ほうよ、ほうよ。楓のご先祖さまは、大海賊の村上水軍やけん」

「ウン！」

楓はすごく得意そうな顔で、俺たちに向かって笑った。また、あの大きな目をなくしてしまうくらい、クシャクシャな笑顔で。その顔見てると、なんか俺だって笑いたくなっちゃうような感じで、この間も想ったけど、俺、こんな笑い方をするやつに会ったの初めてだ。

「なに、冬樹ぃ」

「別に、なんでもない」

気付かないうちに、楓のことをじっと見てしまっていた。なんだか急に恥ずかしくなって、俺は顔をすぐにそむけた。

「か、楓のウチは、その、大海賊の村上水軍の家系？　なの？」

「ほうよ！　ほやけん、ウチに来たら面白いもん見せたげるって、言うたやん！」

楓の話によれば、楓の家には古い蔵があって、そこにはご先祖さまたちの形見……っていうのかな、いろんな古いものが残されているらしい。それを、あんまり嬉しそうに話すから、俺もついつい「今度、見せてくれよ」なんて、言っちゃったんだ。だいたいこいつのご先祖さま、スケールでかすぎだよ。

「それも、ただの海賊やないけん。当時、日本におった宣教師が『日本最大の海賊』とまで言った、村上武吉やけん！」

学まで興奮して、俺に顔を近づけて自慢《じまん》してくる。

ご先祖さまね……。いまいち、俺にはよく分からない。


フェリー乗り場は、学校からまっすぐ坂を下っていくとある。静かな海が光を反射して、キラキラ輝《かがや》いている。

フェリーっていうのは船だけど、車だってバイクだって自転車だって一緒に乗れるやつで、二階建ての客室が付いてる。上の階と下の階にはそれぞれテレビがあって、いつも別々の番組をやってる。朝学校に行く時も帰る時も、だいたいは外の、デッキというらしいんだけど、船の中の二階に上る階段と客室を結ぶ外廊下みたいな部分から、大きなスクリューが水を白く掻き回しているのを見たり、遠くの船に手を振ったり、だんだん近づいてくる鈴鳴島を見たりして過ごしている。

先生は別の船に乗るから、待合室の方へ自転車を押していった。俺たちの船の方が、先に港に到着するんだ。東京にいる時は塾に通うために電車に乗っていたけれど、こっちではほとんど毎日、船に乗っている。学校に行くためだけじゃなくて、母さんと買い物に行く時も、船に乗るんだ。だって、島の中にはコンビニも、スーパーもないんだから。ねえ、それって信じられる？

俺たちの他にも二人、フェリーに乗り込むのを待ってる人たちがいた。髪が真っ白のおじいちゃんと、青い野球帽《ぼう》を被《かぶ》ってタバコを吸ってるおじさん。二人とも顔が真っ黒に日焼けしてる。楓と学は知り合いみたいで、おじさんたちに向かって手を振った。

「あれ、カズじいとタツミのおいちゃん」

学が、おじさんたちの名前を教えてくれた。

「カズじい、あんなに年やけど、まだ漁に出るんよ」

「りょう？」

「ん、魚を捕《と》りに船を出すゆうことよ。漁師さん」

「へえ！」

「おいちゃんは、こっちの島の土産物《みやげもの》屋さんで仕事しよる」

「あとな、あっちに赤い車、停まっとるやろ？　あれはハルばあ。ばあちゃん言うても、鈴鳴島にはもっともっと、すごい年寄りも住んでるから——まあ、ちょいばあちゃん、くらいやな。おばちゃんのちょっと上やわい」

「ていうか、島に住んでる人、全員の名前知ってるわけ?」

「まあ、だいたい知っとるな。だって、全部で二百五十人くらいやけん」

「それって——どんな感じなんだろ」

「考えてみ。ボクらの学校全体より、島の人の数の方が少ないんよ。小さな島やし、毎日、どこかで顔合わせてたら……」

「そっか。それくらいなら、覚えられるかもなあ」

「ほうやろ」

フェリーは、一時間に一本しか来ないし、帰りの時間は自然と決まってくる。俺たちは、だいたい五時十五分のやつに乗って帰ってる。

「のど、乾《かわ》いたなあ」

「センセに奢《おご》ってもろたら良かったな!」

「おいちゃんに頼《たの》むんもな、すぐに母ちゃんにバレてぎょうさん怒られそうやし」

「ほうやな、今日はやめとこわい」

二人がジュースのことでゴニョゴニョ相談してる間、珍《めずら》しいやつがフェリー乗り場にやってきた。

「あ、愛子だ」

坂道を下りてくる、髪が長くて背の高い女子。愛子は楓と違って、大声で笑ったりしないし、普段もクラスで別の島の女子たちと一緒にいる。そういえば母さんが、愛子が家に来いって言ってるって言ってたな。学校では、ほとんど話もしないのに。

「愛子！」

楓が叫んで、手を振った。学もつられたのか、一緒になって手を振ってる。でもこっちの声が聞こえないのか、愛子は走ってもこないし、下を向いたまま歩いてくる。それで、そのまま——俺たちの前を何も言わないで通り過ぎ、待合室に入ってしまった。

「なんだ？　アイツ」

俺が言うと、学が慌《あわ》てたように俺の腕《うで》を引っ張った。

「かまんのよ」

かまんのよって、気にしないって意味みたい。でも、楓は全然「かまんのよ」って感じの顔はしてなかった。なんか、寂しそうに見えたんだ。

それからフェリーが船着き場に着いたのは、十五分くらいしてからだった。まずは、降りる人たちや車が先に出てくる。楓と学はそのみんなに手を振ったり、ちょっと喋ったりしている。ほんとにみんな、知り合いなんだな。おじいさんや、おばあさんばっかりだ。

楓は一人のおばあさんと話しながら、二階の客室に入っていった。学も、知らないうちにどこかへ行ってしまっていた。

俺は階段を上って二階に着いても、客室には入らずにデッキにいてぼんやりしていた。

「ホラ、冬樹」

いつの間にか戻ってきていた学が、俺にオレンジジュースを渡してきた。

「さっき、あっちにいるおっちゃんに、もろた」

白いコンビニのビニール袋に、ペットボトルが何本も入っている。指差した方向を見ると、スーツを着たおじさんたちが三人、デッキの端に立っている。そういえば、今の時間のフェリーでスーツを着た人を見るのって珍しい。

「知ってる人?」

「んー、知らんけど、お仕事に来とる人らやろ」

「そんな、知らない人からなんてもらえないよ」

俺がそう言うと、学はバツの悪そうな顔をした。

「でも、そうとうのど乾いとるし」

「学!」

俺と学の背中の方から、突然尖《とが》った声がした。

「そんなもん、もろたらいかん！」

俺たちが振り向くと、楓が怖い顔でビニール袋を指差した。

「返してこい」

「え、でもボクもう、開けてしもた」

「返してこい！　そんなん！」

確かに、知らない人からモノをもらっちゃいけないっていうのは、小学校でも習うことだ。でも、楓はなんでそんなに怒るんだろう。

「アイツら、何か分かっとん？」

大人のことを「アイツら」なんて呼び方をするので、俺はもっと驚《おどろ》いてしまった。学は楓に怒られて、元気をなくして下を向いてしまった。

「アイツらは、エメラルド・リゾートのやつらで？」

しょぼんと小さくなった学に向かって、楓はまだ怒るのをやめない。なんだか学が気の毒になって、俺はわざとノンキな声を出して空気を変えてみた。

「エメラルド・リゾートってなんだ？」

楓は、こっちには全然気付かずに海を眺《なが》めているおじさんたちをにらんでから、こっちに顔を寄せてきた。あの人たち、まあ島の人ではないんだろうけど——どっかの会社の人たちって感じで、普通に見える。

「ウチらの島やのに、ウチらを追い出そうとしとるやつらや」

「えっ？」

意味が分からなくて、聞き返してしまった。

「追い出す、って」

「——あんたも、ウチらの島に住むんやったら、絶対に知っとかないかんやろ」

「う、うん」

そこから楓が話したことは、こんなことだった。大阪《おおさか》の大きな会社が、鈴鳴島を改造して、新しくホテルやビーチを造ろうとしているらしい。リゾートって、前に行ったハワイみたいな感じなんだろうか。それだけ聞くと俺は単純に、「別にいいじゃん」って想った。だってさ、こんな眠ったような島——何もないよりはさ、そっちの方がカッコ良くなるわけだし、楽しいんじゃないかって。でも楓がずっと怖い顔でいるし、学もずっと下を向いたままだ。

「それって、別に、俺たちを追い出そうってことじゃ、ないんじゃない？」

俺がそう尋ねると、楓はふっと溜息《ためいき》をついた。

「計画やと、港をな、新しく造ることはせんのやって。冬樹、気付いとった？　ウチらの家はだいたい、港を見下ろすように、南を向いて建っとんよ。今の家を全部アイツらは買い取って、自分らのいいように変えちゃろうと想とんよ」

「えっ？　全部って――俺んちも？　全部」

「計画に入っとる家は、全部な。みんなで、ここに暮らせなくなる。じいちゃん、ばあちゃんはどうなる？　今さら別の場所で暮らせ言われて――ウチらだってそうやん。故郷がなくなってしもたら、みんなバラバラになる！」

いつの間にか、フェリーがゆっくり鈴鳴島の港に近づいていた。学も俺も、ジュースをおじさんたちに返すことも出来ないし、開けて飲むことも出来なくて、なんだか気まずかった。いいように変えちゃろうって……家を全部買ってって、そんなこと出来るんだろうか。さすがにそれは楓の思い込みじゃないのか……。

「まあ、しゃーない。けど、ウチはいらんけん」

楓はもう怒ってない感じだったけど、学はまだ困った顔をしてる。それから言った。

「あ、じゃあ――愛子にもやろわい。冬樹、急いで渡してきてもろてもええ？」

別に何も考えずに、俺は「いいよ」と言って愛子の分のジュースを受け取った。二階のデッキに愛子はいない。客室の窓から見ても、二階には上がってきてないみたいだ。

「じゃあ、そのまま降りるから」

「ん、頼んだで。冬樹」

学も楓もなんか、変な顔してた。笑ってるような、泣いてるような、なんか——あんまり見たことない顔だった。

そういえば、翔太の言葉を想い出していた。「すぐに出ていかんといかん」とかって。

それって、このことだったんだろうか。ぶっちゃけ、俺には分かんない。母さんにも何も言われてないし——ここから出ていかなきゃいけないとしたら、もしかして東京に戻れるのかな。

島のやつらって、なんかあるっぽいなと俺は想った。

だけど、こいつらと俺は会ったばかりだ。何も知らないから、関係ないよね。

階段を下りて一階の客室に入ると、左側の座席に愛子が独りで座っているのが見えた。

「あ、なあ」

声をかけると、愛子は少しびっくりしたみたいな感じで顔をあげる。

「ん？　なんや冬樹クンか」

俺は少しだけ間をあけて、横に座った。それからジュースを差し出す。

「これ」

「え？　くれるん？」

「うん」

「やった！　ウチ、このオレンジ好きなんよ」

「えっとコレ、楓と学から、なんだけど」

そうじゃないけど、そっちの方がいいかと想ってウソをついた。だって、本当はもらっちゃいけないジュースなんだろ？　でも楓と学、という言葉を俺が言った瞬間、愛子は笑うのをやめた。それまでは、普通に嬉しそうだったのに。

「――いらん」

「え？」

「いらんし。いらん」

俺は別に、愛子が嫌いってわけじゃないけど――なんで愛子が突然黙りこくってしまったのか、俺にはよく分からない。下唇《したくちびる》をかんで前を向いているんだけど、眉毛と眉毛の間にぎゅっとシワを寄せて、めちゃくちゃ真剣《しんけん》な顔してる。まるで、もう話しかけるな、って言ってるみたいな、冷たい、怖い空気を出している。

なんだよコイツ、気分屋なのかな。突然冷たくされるとさ、俺、困るよ。

別に何も、間違ったことを言ったつもりはないけど――楓と学からっていうの、そんなにマズかったかな。

「……もう、仲良うなったんやね。あの二人と」

愛子がすごく、すごく硬い声で言った。それはまるで、俺を責めるみたいな声だった。

「——別に。なんか、同じ島だから——友達、ってことになってるみたいだけど」

よく分からないけど、俺は言い訳みたいな感じで答えてしまった。だってまだ、この島に来たばかりで——学と楓のことを東京の友達と同じように想ってるかっていうと、なんか違う気もするし。ただ、一緒にいる時間が自然と長くなってるし、悪いやつらじゃないみたいだし——。

「おばさんに、聞いた？」

「え？」

「ウチの家、なんで遊びに来んの」

そんなに、怖い顔で言うようなことだろうか。なんか、俺には決めることが出来ないような気分になってくる。

「ああ、うん」

今ここで約束はしたくないな、と想った。もし学や楓に「遊ぼう」と言われたら、いいよ、とか、今日はいいや、とか、普通に言えるような気がする。でも、愛子の今の言い方だと、俺の気分とかそんなのは全然関係なくて――まるで「行く」と言えば絶対に行かなきゃいけないし、「行かない」と言えばもう、ずっとこの先も行かないような、そんな感じで――遊びの約束っていうより、もっと深刻な約束をしてしまうことになりそうで、なんだかイヤだったんだ。

俺は二階のデッキに行く気にもなれなかった。愛子をここに置いて、楓と学のところに行くのも、なんかマズいような気がしていた。なんで二階の二人はこっちに下りてこないんだろう？　なんで愛子は、独りで一階の隅《すみ》に座ってるんだ？　なんで学も楓も、いつもはゲラゲラ笑ってばかりのくせに、愛子が近くにいると、困ったような悲しいような空気を出すんだろう。

なんか、あったのかな。

すごく簡単なことかもしれない。「お前ら、なんかあったの？」って愛子に今聞いてみればいいのかもしれない。でも、俺はこいつらのこと何も知らないし――そんな勝手なこと、していいのかも分からない。

だって俺には、多分何も出来ないから。知らないフリを、するしかないんだ。

すぐにフェリーが港に着いて、愛子は黙って立ち上がって、先に客室を出ていった。俺はそのまま取り残されて、そのままなんとなく、ジュースを飲んでいた。二本のジュースはすぐに飲み終わらなかったから、港に着いてからもベンチに座り、海を見ながら頑張《がんば》って飲み干した。お腹がタプタプになっていた。

俺は頭を振って、港に集まる猫たちを見る。この島にはノラ猫がたくさんいて、いつも日向《ひなた》ぼっこしている。夕方になっても集まってるから、きっと誰かにエサをもらうんだろう。

なんか、変に重い感じがする帰り道だった。

第2章　宝の地図

昨日の帰り道は微妙《びみょう》な感じだったけど、朝になったら学《まなぶ》も楓《かえで》も全然いつも通りだった。

いつもの、朝の風景。

すっきりと空気がすんでいて、俺《おれ》は深く息を吸い込《こ》んでみる。海が緑色に光って、キラキラ輝《かがや》いている。

今日も一日、天気が良さそうだ。

学校へ行くのには、同じ島の子供たちは一緒《いっしょ》のフェリーに乗っていくように言われてる。俺の家から港までは、歩いて十七分かかる。ストップウォッチを持って計ったから、それは確かなんだ。毎日計ったら、もっともっと早く着けるようになるかもしれないけど。俺と母さんは一緒に家を出て、母さんは軽自動車に乗って、港のある方から見たら反対側の、愛子の家の造船所へと働きに行く。

フェリー乗り場に行くと、俺が一番の時もあれば楓が一番の時もあるけど、学はいつだって三番目にやってくる。

で、もう一人の同級生。愛子《あいこ》のことだけど。

毎朝、親が運転する車に乗って、フェリーの出発時間ギリギリに港に来る。帰りも同じ。たまに一緒になる時は、白いワゴン車が港で愛子を待ってる。愛子の家は島の反対側にあるから、仕方ないのかもしれない。歩いて港に来るのなんて、何時間もかかりそうだし。

別にそれはいいんだ、まあ。でもこの間と同じ、愛子は絶対に俺たちの傍《そば》に寄ろうとしないんだ。そんなのってなんか、三対一だしさ、仲間はずれにしてるわけでもないのに、気分が良くない。

学も楓も、フェリーの中で会えば愛子に話しかけようとしたり、手を振《ふ》ったりするんだけど、いつも愛子は目をそらして聞こえないフリをしたり、「知らん」ってひと言だけ返したりするんだ。

なんか、感じ悪いだろ。

俺はそういう態度って、全然意味が分からない。俺に対しては——楓と学がいない時は、結構普通《ふつう》なのにさ。楓も学も、全然悪いやつじゃないっぽいのにだよ。

三時間目の休み時間、トイレから戻《もど》ってくる途中《とちゅう》、渡り廊下《ろうか》に愛子が独りでいた。何してるんだろうって、愛子が見てる方を後ろからのぞいてみたら、どうも校庭の奥《おく》、三本の樹が植えられた辺りを見てるみたいだった。

何を見てるか、俺にはすぐに分かったよ。あそこ、いつも学と楓が、それと最近では俺が、あいつらに誘《さそ》われてよく一緒にいる場所なんだ。

気にしていると、何度も同じ場面に出合うようになった。愛子、本当によくあいつらのこと、見てるんだな。

「楓、来ないな」

「うん、休みやったら、連絡来るはずやのに」

木曜日の朝。もうすぐフェリーの時間なのに、楓がまだ来てない。

「あっ、来た！」

楓が手をめちゃくちゃに振りながら、こっちに走ってくる。その後ろから白いワゴン、いつも愛子が乗ってくる車が楓を追い越《こ》して、滑《すべ》り込むように港に入ってくる。

「あ、間に合《お》うたな、楓」

やっと俺たちのところに着いた楓は、まだはあはあと肩《かた》で息をしている。

「見つけた、地図、あの地図！」

俺はなんのことか分からなくて、学の方を見た。すると学はメガネの奥の少し眠《ねむ》たそうな目をぱっと見開いて、楓に言った。

「ほんとなん」

まだ息を整えきれてない楓が、強い感じでうなずく。

「うん、見つけた！」

なんの話をしているのか俺には分からなくて、ただ二人を見ているしかない。フェリーが港に入ってきた。愛子は俺たちとは離れた場所で、乗り込むのを待っている。

「愛子！」

楓が叫《さけ》び、愛子の方へと駆《か》け出していく。俺はなんとなくつられて、学も同じだったんだろう、愛子のところへと一緒に走っていった。突然《とつぜん》楓に名前を叫ばれて愛子はびっくりしたみたいで、いつもの硬《かた》い表情を忘れたのか、ただ目を丸くしてこっちを振り向いた。

「な、なに」

楓はまっすぐ愛子を見つめ、初めて聴《き》くような静かな声で言った。

「愛子、あったんよ、地図が」

「え」

「地図よ」

「えっ――」

「見つかる、これで。宝が！」

宝、と楓が言うと、さっと愛子の顔色が変わった。太陽が雲に隠《かく》れた時みたいに、いきなり影《かげ》がかかったようになった。

「ウチ、ウチ……知らん！　話しかけんとってや！」

愛子はそのまま、走って二階の客席に入ってしまった。俺はなんのことか全然分からないまま、その後ろ姿をただ見てるしか出来なかった。学と楓は、俺には分からない話をしている。

「楓、分かんないこと、センセに相談しよ」

「――ほうやな、地図あったけど、なんか読めんし」

「センセやったら、ボクらの味方や」

先生って、宇治原《うじはら》先生のことだろうか。なんの話か分からないし、地図ってなんなのかも知らない。でも、味方って――宇治原先生は大人なのに。

「大人なのに、味方なの？」

言うつもりはなかったのに、自然と声に出してしまっていた。俺の言葉を聞いて、えっ、と驚《おどろ》いた感じで楓と学がこっちを見た。

「冬樹《ふゆき》」

その時の楓の声は、いつもの元気いっぱいの大声じゃなかった。

「子供はな、出来ないことがたくさんある。大人の手助けが必要なんよ。だからって、何も出来んわけやない」

俺は、びっくりした。「子供には出来ないことがたくさんある」っていうことは、東京から引っ越すことになってから、俺がずっと考えていたことだ。

それを言う楓の顔はとても張りつめていて、大きな目はまっすぐに俺に向けられていて――。

その時、なぜか、ちりん、と気持ちの良い鈴《すず》の音が聞こえたんだ。誰《だれ》かの鞄《かばん》に付いてるお守りかなんかが、風に吹《ふ》かれて鳴ったのかな。

楓は、「子供だって何も出来ないわけじゃない」と言った。

そんなこと俺には絶対に言えない。悔《くや》しいけどなんかこいつ、すごいかもって、初めて思ったんだ。

それと同時に――なんか、一緒にはいるけれど、やっぱりこいつらのこと俺は何も知らないんだな、って思った。「なんのこと?」って聞けばいいのかもしれないけど――自分から言うのは、やっぱり出来なかった。

その日はずっと、楓と学は休み時間になると机に変なノートを広げて、ああでもない、こうでもない、って話してばかりいる。他の男子にサッカーに誘われたりもしたけど、俺はなんだか二人が気になって、机の上に突《つ》っ伏《ぷ》して寝《ね》てるフリをしていた。こっそり、話を聴いてみたんだ。

でもさ、別に秘密の話って感じでもなかったんだ。だってさ、ヒソヒソ内緒《ないしょ》声で話してるわけじゃないんだから。

「やっぱりな、あの場所は怪《あや》しいと想っとったんよ」

「ほうやろ、やっぱりうちの蔵にあったんよ。ソウタ兄ちゃんが多分、隠しとったんやわい。うん。やるしか、ないな」

「でも……ボクらだけで行くの、ちょっとコワない？」

「ん、怖《こわ》いん？」

「……怖いに決まっとるやん、だって」

「ははは――っ！　学は臆病《おくびょう》モンやけんなあ。なんせ小三まで、夜中にトイレ行けんくて、オネショしよったし」

「アホ！　カッコ悪いこと、バラさんといてえや！」

小三まで、オネショしてたって！

寝てるフリをしていたのに、つい背中を震《ふる》わせて俺は笑ってしまった。

「あ、コイツ起きとるな。冬樹、今の話聞いとったんやろ？」

「寝てないんやったら、起きぃや。もう、ボクかなわん」

笑いが止まらなくなった俺は、仕方なく顔をあげた。ニヤニヤ笑ってる楓と、メガネの奥でバツが悪そうに目をショボショボさせてる学がいる。俺はまた、さっき聞いたことを想い出して、プッと噴《ふ》き出してしまった。

「な、ほんとに、小三までオネショしてたの？」

そうしたら学の顔が、サッと赤くなった。

「楓！　よ、余計なこと言いよって！」

「なんなん学、恥《は》ずかしいん」

「あったりまえやろが！」

今度は、声を出して笑ってしまった。こいつら、漫才《まんざい》してるみたいだな。

「楓やって、庭にお墓があってみぃ。冬樹、あんな、ウチはお寺なんよ」

「そうなの？」

「ウン、潮音寺《ちょうおんじ》っていうんやけど。まだ来たこと、ないんよね？」

楓が俺と学の間に入り込んで、学の言葉をさえぎって言う。

「めっちゃ、由緒《ゆいしょ》正しいお寺なんよ。水軍の時代から、ずっとある寺やけん」

「ああ、そうだった。楓んちの先祖は海賊《かいぞく》だったんだよな」

「ほうや！」

勢い良く、学と楓がうなずいた。興奮しすぎたのか、学はメガネがずれたのも直さない。

「ま、『海賊』っていうと悪いような感じするみたいで、『水軍や』って怒る大人もおるけど」

「ウチらにとっては、『海賊』って、めっちゃカッコええし」

「マンガとかゲームとか、映画になるくらいやし」

確かに、俺にとっても「海賊」っていうのは、何か特別な感じだ。

嵐《あらし》の中で海をさまよい、俺の知らない船の上という世界で日々を過ごす。

あと、なんて言ってたっけ、「どこの権力にも属さない」とかって。

「ご先祖さまが海賊だなんて、ちょっとうらやましいかも」

俺は普通に、そう想ったから言っただけ。でもそしたら急に、二人して同時に目を輝かせながら、俺の方にぐぐっと迫《せま》ってきたんだ。

「ほうなん？」

「ほしたら冬樹も、海賊ってカッコええって想っとんやな！」

二人の勢いがあまりにもすごかったので、俺はちょっとだけ、身体《からだ》ごと引いてしまったくらいだ。

「う、うん」

二人は本当に嬉《うれ》しそうだ。まるで顔文字って感じの笑顔で、俺の肩とか背中をポンポン叩《たた》いてくる。そうやって俺を真ん中に挟《はさ》んで、背中側からにじり寄ってきた。

「はよ言ってやー」

「ホンマ、水くさいしぃ」

「な、なんだよお前ら……」

確かに、やつらは普段から明るい。でも、このテンションの上がりようは、ちょっと気持ち悪いかも。

「お前ら、キモいんだけど。そんなに嬉しい？」

楓と学の顔は、俺の「キモい」という結構ひどい言葉を聞いても、全然笑顔のまま、ニコニコしてて変わらない。

「なんでなん。ボクらのこの島にいた、ご先祖さまやし。うちの寺の上得意さまやで。ほら、嬉しいわい」

「やっぱ東京モンでも、カッコええて分かるんやな」

まあ、でもさ。聞きたいのは、そこじゃないんだ。

「ていうか二人とも、なんの話をしてるわけ？」

だって、そうだろう？　朝から俺には、まったく話が見えてないんだ。学と楓はお互《たが》い顔を見合わせて、それからニヤリ、と笑いあった。

「な、なんだよ」

「ふっふっふ」

二人とも腕組《うでぐ》みしちゃって、すごく得意そうな感じで俺の方に顔を寄せてきた。

「実はな」

「宝を、探しとんよ」

「たから？」

「ほうよほうよ」

宝。宝って、俺も持ってるけど、カッコいい石とか外国のコインとか、そういう自分だけの秘密の宝物のこと？　それとも、箱いっぱいに詰《つ》まった宝石とか小判とか金貨とか、そういう感じの、本物の宝のこと？

「誰の、宝の話をしてんの？」

「冬樹、ニブいな〜」

楓が呆《あき》れたように言いながら、俺の背中をパシパシと叩いた。痛《いて》え。学はさらに近づいてきて、俺の耳元に手を当てながら、ほんとにこっそり小声で言った。

「水軍の、宝に決まっとるやん」

「えっ」

「大昔な、楓のご先祖さまが、どっかに財宝を隠したらしいんよ」

学がまた腕組みしながら、すごく得意そうに言った。マジで言ってんの？　こいつら、オカシイのかな。でも二人は真剣《しんけん》みたいだし、その声はとっても重大な秘密を打ち明けるような感じで響いてきたから、俺は笑わないで聞いてはいた。

「よし！」

いきなり、楓が大きな声を出した。こいつ、いつもいきなり大声出すんだ。

「日曜は、集合や。大三島《おおみしま》に遠征《えんせい》しよ。神社行こ」

「神社？」

「ほうよ。大山祇《おおやまづみ》神社っていう場所があるけん、そこにお参りに行こうや」

「お参り？」

「ん、この瀬戸内海《せとないかい》一帯の、水軍たちの守り神さまがいらしてな。めっちゃカッコいい姫《ひめ》さまの着てた鎧《よろい》とかも、あるんよ。あれ、ウチ好き。きれいな鎧なんや。紺《こん》色でな、小さくてな、ウエストがきゅっとなってて、女の子もんやなあって分かるわい」

「へぇ。ま、行くのは別にいいけど……」

塾も行ってないし、習い事もしてない。日曜も予定は特に入ってない。いまいち、なんで神社に俺も行くのか分からないけど——でも、友達と約束するのって、すごく久し振りのような気がするな。

ふと、目をそらして教室の窓から外を見た。また曇《くも》り空だ。最近は雨ばっかり、でも木々は嬉しそうに緑の葉を茂《しげ》らせて、空へと体を伸《の》ばしている。梅雨《つゆ》が明けたら泳げるかなあ、とか、ぼんやり想った。海水浴に行ったことなんて、これまで数えるほどしかない——海のことなんて、俺は何も知らないんだ。でも、そうか。今の俺って、海に囲まれた場所で暮らしてるんだ。

なんて、そんなことを今さらながら想ったんだ。

「おっ！　学、えらい急いどるけど、どしたん。ダイエットしよん？」

バタバタと大きな足音を立てて、俺たちは社会科資料室に入っていく。中でプリントを刷《す》っていたクラスの担任、宇治原先生は、校内を走っていたことを注意せず、俺たちをニコニコ見てるだけだった。相変わらず、少しも怖くない先生だ。

「センセ、どうもこうも、ないわい！」

「学、なんや。えらい剣幕《けんまく》やな。どしたん？」

「絶対、秘密にしてよ」

学がぐいぐいと先生の腕を引っ張り、俺と楓で先生を取り囲むような感じになった。授業は終わって、クラブ活動のやつらはもう部室に行ってしまい、資料室には俺たちしかいない。校庭から、野球部のかけ声が風に乗って聞こえてくる。そろそろ、夏休みが近づいてきた。半袖《はんそで》を着て、海からの風を気持ちいいと感じる日が多くなった。

「あんな、勉強教えてほしいんよ！」

「勉強、か？」

そんなに意外だったのか、笑っていただけの先生はちょっと、顔付きがマジな感じに変わった。

「コレな、うちの蔵にあったんやけど」

楓が丸められた茶色くてボロボロの紙をランドセルから取り出し、机の上に広げる。

「ほう、古い地図かな」

「センセ、これ、読める？」

学が地図の上に書かれた、ミミズが踊《おど》ってるみたいな、墨《すみ》で書かれた箇所《かしょ》を指差した。

俺ものぞいてみたけど、サッパリ分からない。これ、字なのかな？

「ん――、勇ましき者……我が、財宝に……たどり着くであろう。丑寅《うしとら》の方へ……白き……海を進みゆくべし……」

「おおお！　ソウタ兄ちゃんが、言うとった通りやん！」

楓と学が、同時に声をあげた。今度は俺が先生と顔を見合わせる番だった。まただ。ソウタ兄ちゃんって、誰だろう。

「なあセンセ、水軍の宝の話、知っとるやろ？　これ、地図やで本物の」

「宝を隠しとる、って話か？　どっかで聞いたことあるなあ。しっかし、さすがは村上家の蔵やな。こんな面白いモノ、眠っとんか」

先生はいつもより少し興奮してるみたいで、顔と耳が赤くなっていた。じっと地図を見つめ、それからちょっとだけ声をひそめて俺たちに囁《ささや》いた。

「こりゃ、宝の地図かもしれんなあ」

「やった！」

「冬樹、分かるか？　コレ、海の上の地図やんか。ホラ、ここの山みたいの、島やろ。で、ホラ、ここのグルグルの渦巻《うずま》き。これは渦潮《うずしお》や」

確かに、紙の上には小さな丸と渦巻《うずま》きがたくさん描《か》いてある。

「コレって、どこの島なのか分かるの？　コレだけで」

「分かる」

学がそう言うと、楓も応えた。

「ウン、この形。あの島にそっくりや」

先生が腕組みしながら、ちょっと黙《だま》った。それから足元に置いてあった自分の黒い鞄からタブレットを取り出し、ボタンを押《お》した。

画面の上には、空から撮《と》った写真が映し出されている。

「ほら見てみ、この形。昔の人はホンマえらいな、空から見たりせんでも、島の形をバッチリ知っとったんや」

先生は心底感心したように、溜息《ためいき》まじりに言う。タブレットと机の上の紙を交互《こうご》にのぞき込むと、確かに——片方は写真で片方は筆で描かれていたけれど、その形はそっくりだった。

「ほら、こっちの横の島も……。そんでホラ、ここが鈴鳴島《すずなりじま》や」

「へ～、意外とっていうか、わりと近いじゃん。鈴鳴島から、この島」

「やっぱり、ホンマやったん！」

楓と学は俺と先生にはおかまいなしって感じで、右手と右手を合わせてパチン！　と鳴らした。

地図をじっと見つめていた先生が、ポツリとつぶやいた。

「ん～、だけどこの文字、あとはなんて書いてあるのか、難しうて、分からんな」

「えーっ！　ほやけん、センセ……ボクら、先生に助けてもらお想て、聞いとんのに」

学が、心の底からガッカリしたような声を出した。

「センセも、やっぱ分からんの？」

「大丈夫《だいじょうぶ》や！」

楓がいつも通りの大声で言った。

「絶対、あの島に宝はある。絶対あるて、言うとったし」

先生はそのまま黙って、じっと楓を見ていた。楓も、まっすぐに先生を見つめ返している。そしたら先生は、メガネの奥の目を細くして笑ったんだ。

「まあ、なんていうか――、宝探し、か。なかなか難しそうやけど」

「そんなこと、ない！」

その場の空気が、まるで風船みたいに破裂《はれつ》してしまうかと想った。それほどの大声で、楓が言った。

「絶対、難しくなんか、ない！」

楓は、やたらと真剣な顔をしていた。学を見ると、俺の様子をうかがうような感じで、上目づかいでこっちを見ている。先生は楓の勢いに驚いたのか、ぽかんと俺たちを見ている。

「なんやなんやどうしたん、えらい勢いやな。なんか、あったんか」

先生は、心配そうにメガネを引き上げる。楓はなぜか、黙って地図を丸めてランドセルにしまい、帰り支度を始めている。学が空気を読んで、先生を気づかってお礼を言った。

「センセ、ありがとう。また、なんか出てきたら持ってくるけん」

先生は別に気にしてないのかどうなのか分からないけど、結局またいつものノンビリした感じに戻っていた。

「おう、気ぃつけて帰れよ」

二人は先生に手を振りながら、さっさと資料室を出ようとする。まるで二人で先に決めていたことみたいに、俺を置いていくみたいな感じで、早足で進んでいく。

「おい、なんだよ」

走るくらいのスピードで学校を出ようとする二人を、俺は意味も分からず追いかける。なんだか少し、ムカついてきた。

フェリー乗り場へ続く坂道を下りる頃《ころ》になってやっと、俺は二人に追いついた。置いていかれたイライラは、全然止まらない。それで、言ってしまった。

「意味、分かんないよ。なんでそんなにムキになってんの？」

「冬樹、ウチらはな、ウチらの島を守るんや。宝があれば、大金持ちになって、リゾート計画をナシに出来る。アイツらの好きには、絶対させせんけん」

楓は俺の言ったことのトゲに、気付いてたのかどうか——でも確実なことを言う時の、強い声だとは想った。それを聞いた学は、ちょっと楓をうかがうような仕草をしてから、すぐに目を伏《ふ》せる。微妙な感じだ。なんか、聞いたらいけないことを聞いた時のような——この感じ。母さんと父さんが何も話さずに部屋にいる時、俺はいつも、こんな気分になった。俺は話を変えたくなったから二人から顔をそらし、まだ少し歩いた先にある、フェリーの港の方を見た。

「あ、あれ、愛子だ」

こっちからだと、顔はよく見えないんだけど——でも、六年生にしては背が高くて、大人っぽい雰囲気《ふんいき》の女子で——あれは、愛子だ。

うまく説明できないんだけど、楓と学って俺にとって別に仲間じゃないっていうか、コイツらもそう想ってるんだろうなって想うし——なんだか少し、モヤモヤっていうか、ムカつくっていうか。

とにかく今は、コイツらと一緒にいたくない。

「俺、先行くわ」

俺は横を歩いている二人を置いて、港へと駆け出した。どうせ行き先は同じだ、別に先に帰ったっていいだろ。

「冬樹！」

学の声が背中から聞こえたけど、俺は立ち止まらずに走っていった。

フェリー乗り場に立っていたのは、やっぱり愛子だった。俺が独りで走ってきたのを見ると、ちょっとだけ嬉しそうな感じで笑いかけてきた。

「どしたん、ケンカしたん？」

ケンカって、別にしてないけど。ケンカにもなってない。ただ、あいつらが何かを俺に隠してるだけだ。

俺は多分、嫌《いや》な顔をしたんだと思う。愛子はすぐに、笑うのをやめた。

「行こうぜ」

フェリーが港に着いても、俺は楓たちの方を見ないで一階の客室に愛子と入っていった。愛子はそんな俺を見ても別に、それほど嬉しそうじゃないし、なんで一緒にいないのかとかも聞かないで、ただ黙って俺の横に座っている。

静かにしているだけなのも、少し息苦しい。どうしたって、さっきのことを考えてしまうからだ。

そうか、愛子に聞いてみよう。

「そういえばさ、リゾート計画のことだけど」

「うん？　ああ」

さっと愛子の顔が暗くなった。コイツもやっぱり、ちょっとは心配してるのかな。

「冬樹クンは、心配せんでええよ。ウチらの家は、島の反対側で——何も変わらんし。今の家が嫌になったら、ウチのとこに越したらええよ」

そんなこと、子供が勝手に決められるわけはない。でもきっとコイツなりに、俺を安心させようとしてる、のかな。

「大きなホテルが出来て、ビーチが出来れば——人もたくさん来るし、働く人も来るし、今よりも島が元気になる、て父ちゃんが言うとった」

「それって、いいことだよな」

「ん……ほうやな」

愛子は俺から目線を外し、客室の右上に取り付けられたテレビをじっと見つめる。俺も同じように、何か食べ物が映されているテレビをぼんやり見つめる。この時間帯だと、いつもニュース番組をやっていて、あんまり面白くないんだ。

「ところでこの島ってさ、子供どれくらいいるの？」

「子供なあ」

テレビを見たまま、俺たちは話を続けた。

「うん、俺と愛子と、楓と学。あとは？　他には何人くらいいるの？」

「あとは、ウチの兄ちゃん。――それだけ」

「えっ？　マジで！」

でも、兄ちゃんがどうとか言ってた。あれは愛子の兄さんのことなのか？

「愛子の兄さんって、宝探しやってる？」

「宝なんて、探しとらんよ」

愛子はなんか、思いっきり変な顔をした。また、眉毛《まゆげ》をぎゅっと寄せて不機嫌《ふきげん》な空気を出してる。でも俺は気付かないフリをして、もっと聞いてみた。

「でもあいつら、兄ちゃんがどうとか、って。愛子の兄さんのことじゃないの？」

「今は――全部で、五人。でも二年前までは――」

「何？」

「――もう一人、おった」

そこまで言うと、愛子はもう黙ってしまった。ますます怖い顔をしている。俺もそれ以上は尋ねる気にはなれなくて、結局その日は、最後までずっと黙ってたんだ。

フェリーを降りると、楓はいなくて、学だけが俺を待ってた。愛子はちらりと学を見ると、港で待っていた車に、何も言わずに乗っていってしまった。

「冬樹」

学が、泣きそうな顔で話しかけてきた。

「ほんと、ゴメン。ボク……」

そんな顔されたら、俺だって困ってしまう。別に、コイツだけが悪いわけじゃないし……。なんていうか俺だって、なんであんなにムカついたのか自分でも分かんないんだ。

「いや――その」

「分かっとる、ちゃんといろいろ、話さないかんって。だからボク、待っとったんよ」

「えっ」

「だって、冬樹は仲間やもん」

俺は少し、恥ずかしくなった。仲間はずれにされたと想って、俺はムカついた――なんか、カッコ悪いよな。

「いや、俺こそ、ゴメン」

「全部、話したいんよ。宝探しのこと、全部。浜《はま》、行こうや」

俺たちは海岸沿いの道を歩き出した。港からしばらく歩くと、人があんまり来ない浜があるのは前から知ってた。

「あのさ。愛子の兄ちゃんじゃない方の兄ちゃん、って、誰?」

さっき、愛子が言ってた。もう一人、島には子供がいたって。それがその「兄ちゃん」なんだろうか。

「蒼太《そうた》兄ちゃんはな——愛子の兄貴、龍一《りゅういち》兄ちゃんのイッコ上で……」

「じゃあ、高校二年生?」

その人、今はいないってことは、広島の学校にでも行ってるんだろうか。

「ほうよ、でも……二年前におらんなったんよ」

「いなくなった?」

「うん……これ、あんま大人の前で言ったらいかんで。微妙すぎる話やけん」

「どういうこと?」

いなくなった? 二年前ってことは、中学三年生ってことだよな。

「あんな……蒼太兄ちゃんってな、ほんまボクらのヒーローやったんよ」

学は、ポツリ、ポツリと話し出した。越智《おち》さん、という家の子供で、一番年上だったのが蒼太という男の子。頭が良くて、優しくて、運動神経がバツグンで——みんなのリーダーだったそうだ。

「なんで、いなくなったの？」

俺と学は下に何も敷《し》かないで、直接砂浜に腰《こし》を下ろした。その辺に転がっている石ころを波打際に向かって投げながら、俺たちは話を続ける。

「……あんな、父ちゃんたちが話しとんを聞いたんやけど……愛子んちのボートが、一艘《そう》なくなって、しもて」

「じゃあ……海に出て、行方《ゆくえ》不明になったってこと？」

「そもそもな、宝探しをしようやって言うたん、蒼太兄ちゃんやったんよ。冬樹にも教えとかなね。こっちと反対側の浜にある、小さな小屋なんやけど。いっつもボクら、そこで作戦会議しよって。今から、行ってみる？」

「いいから。そんで、とにかく、その人は……」

「うん。もうすぐ夏休みって頃、ある日突然、朝になったら、おらんなってしもた」

「じゃあ、それからずっと——見つからないって、こと？」

「うん、地元のおっちゃんらだけやのうて、自衛隊のレスキューとかも来て捜《さが》したんやけど……全然、おらんくて」

「それって――し、死んでるかもしれない、ってこと？」

ぞくり、と背中に冷たい空気が走った。昨日までいた誰かがいなくなってしまうって、一体どんなものなんだろう。あたりまえの笑顔、あたりまえの声が、突然消えてしまうって――。

俺の父さん、みたいに？

でも、それは違《ちが》うとすぐに想った。少なくとも俺の場合、父さんは生きて東京にいるのが分かってる。いきなり消えて、そのまま分からないなんて――すごく、怖い。この島の子供たちがそんな目にあってるのなんて、全然知らなかった。

「まあ……広島の繁華街《はんかがい》で見た、なんてこと言う人もおるらしい。これ全部、父ちゃんと母ちゃんが話してるの、こっそり聞いた」

「学、情報持ってんな」

俺は素直に感心していた。学って見た目は低学年みたいだけど、難しい言葉も知ってるし、いろんな情報を持っているんだな。

「まあね、ウチは檀家《だんか》さんがしょっちゅう来て、お喋《しゃべ》りしていくけんねぇ」

学は少し気が晴れたのか、さっきよりも明るい表情になって、腕を伸ばして大きく伸びをした。

「ウチの寺ってな、鈴鳴島の人らの墓だけじゃのうて、今は別の場所に住むようになった人たちの先祖の墓とかもな、ぎょうさんあるんよ。由緒正しい寺なんよ」

「へえ……」

なんか、分かんないもんだな。こんな小さな島で、そんな事件が起きるなんてさ。

「それで――蒼太兄ちゃんの宝探し、ボクらが受け継《つ》ぐんよ」

「マジで、言ってんだよな」

俺は少しだけ、ふざけて言ってしまった。だってそんな――もし、ただ宝を探すだけならガキの遊びすぎるし、本当の地図があって本当に宝を探すなんていうのは、子供じゃムリなんじゃないか。それなのに、本気でコイツらは宝を見つけようと想ってるのか？

「ほうよ。あれな、冬樹は信じとらんかもしれんけど――ホントの、宝の地図なんよ。しかも、まだ見つかっとらん宝の、地図」

俺は学の言葉が信じられなくて、想わず「えっ？」と聞き返した。

「ボクら、本気で宝を探しとんよ」

「本気って、お前さ」

俺の疑い深い声は気にならないみたいで、学は鼻の下をこすりながら話を始めた。あの古い紙——巻き物みたいに丸められてたやつ、あれは水軍が昔隠した宝の場所を示しているそうだ——噂《うわさ》によれば、その宝は何億円って価値がある「何か」なんだって。黄金の塊《かたまり》とか大判小判とか、そんな感じの。学はずっと、いかに水軍がすごい存在だったかを話し続けていて、俺が何も言わなかったらもう何時間でもその話を続けられそうな勢いだった。だから、だと想う。俺があいづちを打ったのは、別に宝の話を信じたわけじゃなかったんだ。

「……あの汚《きたな》い紙、マジで宝の地図なのか？」

「ん。ホントに、宝の在《あ》り処《か》の地図やし。あの地図に、宝のヒントが載《の》っとんよ！」

一分でも惜《お》しいという感じで、まだ学は早口で話を続ける。

「ボクら……ボクと楓な！　今年、絶対冒険《ぼうけん》に行こう想っとんよ」

「まさか、宝を」

「その、まさかよ！　ほんでな、冬樹も、行くか？」

宝探しに行かないか？　って聞かれて、すぐに返事できるやつなんているのかな。

でもなぜか、俺はすぐに返事をしていた。行く、と言った自分自身が驚いて、すぐに頭の中に言い訳《わけ》が並べられた——もし東京にいたら夏期講習に行かなきゃだけど、島に住んでからは母さんに勉強しろって言われないし、どうせ旅行に行くこともないだろうし、まあ、コイツらの宝探しゴッコに付き合うのも、悪くないヒマつぶしだ、なんて——どれも本心じゃなかった。本当のことを言えば、俺はなんだかワクワクしていた。その時は、絶対に誰《だれ》にもそれを認めたくはなかったけどね。

俺の家は、少しだけ丘《おか》みたいになっているところにある。この島にある家のほとんどがそうだけど、家はだいたい海を向いて建っていて、さえぎるものがないから、とても陽当たりがいい。今日は日曜日。この間の約束通り、別の大きな島の神社に行くことになり、楓のおじさんが車で迎《むか》えに来てくれた。

「この島にある家って、確かにみんな同じ方向、向いてるね」

「ほうよ、そんで全部、南向き。海で何かあったら、すぐ分かるけんねぇ」

運転席のおじさんが言った。白い車の助手席には楓が、後部座席には学がいてニコニコ笑ってる。俺が学の隣《となり》に乗り込むと、車が走り出し、あっという間に坂を下りて海に近づいていく。家の前で手を振っていた母さんが小さくなり、すぐに見えなくなった。

今日もまた、良い天気だ。

不思議なことに、引っ越してきてからまだ曇り空とか雨とか、昼間のうちに天気が悪くなった日がない。

「ここって、いつも晴れてるの？」

なんとなく、横に座ってる学に聞いてみた。

「夜のうちに雨が降ったりはあるけど、これからの季節はどんどん暑くなってくるわい」

「あんたも」

いきなり、黙って運転していた楓のおじさんが大きな声を出した。

「今は肌《はだ》が白いけど、すぐ真っ黒うなるわい。島の子になる」

あんた、って呼ばれて俺はなんとなく、変な気分になった。こっちの人たちって、話し方が東京の人たちとは全然違う。

「はあ」

「冬樹、夏休みになったら一緒に広島いかん？　学校見に行こや～」

「あの学校、坊《ぼう》さんの学校やん。冬樹、行かんでええって。坊主にされるわい」

助手席から首を後ろにひねり、楓が笑いながら言う。学がいじけて言った。

「嫌やぁ、ボク。髪《かみ》の毛切りたくない」

ハハハ、とおじさんも笑った。

「学は、跡取《あとと》り息子やけん」

そういえば、学の家ってお寺なんだっけ。家がお寺だと、お坊さんにならないといけないのかな？

「冬樹は、考えとん？　中学どうするか」

「いや――全然」

ていうかさ、俺、ここにいつまでいるのかも分かってない。俺、本当に、東京に戻れないで一生ここで暮らすのかな。母さんは、これからどうしたいのかな。少し不安になったので、楓に話をふってみることにした。

「楓は、どうするの？」

「ウチ？　ウチは普通に、神島《かみじま》の中学へ上がるんよ。クラスの子らは大抵《たいてい》そうやろな」

「そうなんだ」

「でも。中学で広島の私立に通う子もおるよ。ボクもそうやし、愛子もそうやろ」

広島か――行ったこともないし、何があるのかもよく知らない。ここよりはずっと大きな街だとは想うけど。社会科で地名が出てきたことあるし。俺だって、東京の周りには千葉とか埼玉《さいたま》とか神奈川《かながわ》とか、いろんな県があることは知ってるよ。でも、今住んでいる島の周りがどんな感じなのかは、知らないんだ。陸地に囲まれた海があって、その中に島がいっぱい浮《う》かんでる。「鈴鳴島」なんて、東京では聞いたこともない場所なんだからさ。

俺たちは車に乗ったままフェリーに乗り込み、まずは対岸の神島、学校がある島へと上陸する。その後は、島をぐるっとまわって、長い橋を渡《わた》ってドライブを続ける。窓の外には、青と緑の中間くらいの色をした静かな海が輝いている。たくさんの島が浮かんでいる——橋で繋《つな》がっているのも、繋がっていないのもある。

「ここらへんって、たくさん島があるけど——全部、誰か住んでるの？」

暖かいせいなのか、こっくり、こっくりと舟を漕《こ》ぐ学を指でつついて、起こしてみた。あ、コイツちょっとだけよだれが口の端ににじんでる。学は一回、ふあぁぁ〜と欠伸《あくび》をしてから、俺の質問に答えてくれた。

「ん、誰も住んどらん無人島も、いっぱいあるわい」

「ふーん」

「あ！　ホラ、あっこ！」

突然、学が目をばっちり見開いて飛び起きた。窓の外を指している。

見てみると、白い砂浜がある小さな島がある。

「あの島？　が、なんなの？」

俺が尋《たず》ねると、学は前の運転席に座るおじさんをちょっと気にするようなそぶりをして小声で耳うちしてきた。

「あっこがな、例の宝の島なんよ」


海沿いの道を走っていると、緑の植物ばかりの風景の中、少しずつ瓦屋根《かわらやね》の家が増えてきて、スーパーやドラッグストア、お土産物《みやげ》屋さん、食べ物屋さんも見えてきた。

「この島、大きいね」

「ああ、住んどる人も多いわい」

おじさんが、運転しながら言った。

「父ちゃんは、組合寄ってくるけん。なんかあったら、電話したらええわい」

大きな鳥居《とりい》が見えてきて、車はその前に停められた。俺たちはおじさんにお礼を言ってから、車を降りる。

「わ、広いね。この神社」

「ものすごーい、古い神社なんやって。海と山、両方を守ってくださる神さまがいらっしゃるんやと。ほやけん、水軍の守り神でもあるんよ」

学が鳥居を見上げながら言った。

「へえ、そうなんだ」

鳥居の中に入ると、広い庭になっていて、大きな樹が何本か生えている。

「あの樹、やばいで！」

楓が指差した大きなねじれた樹は、幹がボロボロだけど、まるで翼《つばさ》を広げたような形で葉っぱが影を作っている。あちこちに開いた穴が、小人の家みたい。なんか、映画に出てきそうだ。樹の根元に置いてあるプレートには、「樹齢《じゅれい》二千六百年」とあった。

「二千六百年って言われても、よく分かんないな……海賊の時代より、もっと前？」

「もっと、ずーっと前やわい！」

学が笑いながら言った。ということは、ずーっと昔の人も、この神社にお参りに来ていたってことか。神社はとてもキレイでゴミひとつ落ちていないし、全然汚《よご》れてないから、そんなに昔からあるみたいに見えない。

「新しく、見えるけどな」

「入口にあった大きな門は、何年か前に建て直されたんよ。あとは室町時代とかやけど……みんなに大事にされとるからかな」

「へえ。すごいな、ここ」

大きな樹の下に立っていると、サーッと気持ちいい風が身体の中を通って、向こう側に抜《ぬ》けていくような感じがした。うまく説明できないんだけど、うん、なんだかサッパリするような。身体が、軽くなるような。

「気持ちいい」

「ほうやろ？　ウチも、ここ大好き」

楓も同じ気持ちなんだろうな、ってことが声の感じで分かった。学もウンウンうなずいている。楓の髪の毛がサラサラ風になびいて、少しだけこいつってかわいいのかも、とか想ってしまった。

「この神社は、なんでも願いごとが叶《かな》うって」

「なんでも？」

「百発百中、そのはずや。ま、お寺の子のボクが言うんもアレやけどな。まあでも大山祇神社は特別やけん。父ちゃんも怒らんやろ」

学が自信満々な感じで答えた。ほんとかよ、と思って楓の方を見たら、ニコニコ笑ってる。なんとなく、俺も楽しくなってきてしまった。

楓たちは賽銭《さいせん》箱に十円を投げ入れ、手を合わせた。俺もマネをして、同じようにする。百発百中で願いごとが叶うって、言ってたな。でも、俺には別に願いごとなんかないし、神さまなんて信じてない。だから、とりあえず何も考えなかった。

「それにしても、デカイな。ここ」

「ウン、あっこの裏の建物にはな。昔の刀とか鎧とか、宝物がいっぱいあるんよ」

「マジで？　本物の宝物？」

「日本の歴史で習うような人たちが持ってたものが、ぎょうさんあるて、蒼太兄ちゃんが」

学が、物知り博士みたいに腕組みしながら得意そうに言った。

「ウチのご先祖さまも、この神社にお参りしとったんよ。しょっちゅうその、歌会《うたかい》って言うんかなあ？　なんか、そういう宴会《えんかい》か、学？」

「まあそんなところやろな。村上武吉《むらかみたけよし》はこの大山祇神社でよく歌会を開いとったみたいやけん、鶴姫《つるひめ》さまにも会《お》うたことあるんじゃなかろか」

「ご先祖さまと鶴姫さま、友達やったんならええなー。ほうよ！　冬樹は知らんよな、鶴姫さまのこと」

「つるひめ？」

今度は学じゃなくて、楓が得意そうに言葉を続ける。

「ん、この神社につかえていた家のお姫さまで、またの顔は、海賊のお姫さまや」

「えっ？　海賊って、女もいたの？」

「あったりまえやろ！　強くて、しかも美人やったんよ。あのな、この神社の、一番えらい宮司《ぐうじ》さん〝大祝《おおほうり》〟さまの家はな、この大三島にあった三島《みしま》城のお殿《との》さまの家でもあるんよ。んーつまり、大祝家の中で一番えらい人が宮司さんになって神社をお守りして、二番目にえらい人が大三島を守るお城のお殿さまになる。だから、鶴姫さまのお父さんが宮司さんで、お兄さんが三島城のお殿さまや」

「要するに、三島《みしま》水軍。ボクら村上水軍とも仲間やったんよ」

村上水軍の仲間の三島水軍……。そっか、いろんな水軍があったって言ってたもんな。

「鶴姫さまは、そこらの男なんかよりずっと強いし、めちゃくちゃ美人やったんよ」

「そんな昔の人のこと、なんで分かるんだ？」

「ほしたら、こっち！　見せたげるけん」

楓がくるっと後ろを向いて、駆け出した。

「あ、待てよ！」

俺と学も後ろを追って走り出す。楓は鳥居の方じゃなくて、社の横にある階段を上り、右に曲がった。

「なんだよ、アイツ」

俺が文句を言うと、学が言った。

「あっち、ほんまにおるけん、鶴姫が」

「はあ？」

昔の人が、こんなところにいるわけないじゃん。確かに、神社の脇《わき》には大きな博物館らしき建物があったけど、でもそこに入っていったわけじゃなさそうだ。小さな川が流れていて、俺たちはそこに架《か》けられた橋を渡って向こう岸へ行く。川のほとりの草むらには、黄色の小さな花がたくさん咲いていて、白い蝶《ちょう》が何匹か飛び回っている。

「あ、いた」

楓がずっと先の方に立っている。その横には、灰色の——あれは、腕をすっと前へ伸ばした人間の形。誰かの銅像？

「なるほどね……」

「もっと近く、行こうや」

学がふざけて、テレビの司会者みたいに言った。

「ジャーン！　水軍のヒロイン、鶴姫です！」

昔の、侍《さむらい》みたいな格好をしたポニーテールの女の子。ただの銅像なんだけど、結構美人ぽく作ってあるな。先にある何かを取ろうとするように伸ばした右手のひらには、丸い何かがくっ付いている。なんだろう。

「あれ、あの丸いのって何？」

「あれな、鈴！　鶴姫さまのお守りなんやって」

「へー、そうなんだ。詳《くわ》しいんだな」

俺がそう言うと、学と楓が得意気に同時にうなずいた。この神社、鈴鳴島の中にあるわけじゃないけど、本当にコイツらの地元なんだな。そう想ったら、東京の同じマンションの友達、ユウキの顔が浮かんできて、心が一瞬だけチリッとしびれたみたいになった。だから、俺は急いで言葉を続けた。

「あっちにいるのは？」

川の向こう側に、ちょうど同じような格好とポーズをした人の銅像が立っているのが見えた。

「あっちはな、鶴姫さまの彼氏《かれし》、越智安成《おちやすなり》。鶴姫さまの軍で、副大将やった人や。見てみ、鶴姫さまと向かいあって、お互いに腕を伸ばしとるやろ？　あの手の中には、おそろいの鈴が入っとんよ」

「ふーん……で、海賊の姫だって？」

そういう、誰が恋人とかの恋愛話って全然興味ないから、俺は適当にあいづちを打った。

「ん！　鶴姫さまはな、竜神《りゅうじん》さまの生まれ変わりやって言われるほどめちゃ美人やけん、小さい頃から賢うて、しかも武芸の達人やったんよ。ほんで、ある時、城主やったお兄さんが敵に討たれてな、この島は私が守る！　って、三島水軍の大将になったんやと。さっき言った通り、副大将はあっちの人、おさななじみで恋人やった、安成や。鶴姫は大将になってな、敵の大軍を蹴散《けち》らした。でもその後、また敵が攻《せ》めてきて……」

楓の声が、そこでなぜか一瞬《いっしゅん》しぼんだ。

「恋人だった安成が、死んでしもたんよ」

想っていたより、悲しい話になってしまった。俺はちょっと緊張して、コクンと唾《つば》を飲み込んで、それから尋ねた。

「それで、鶴姫はどうなった？」

「ほんでも鶴姫さまは、あきらめなんだ。最後まで戦って、必死に島を守ったんやって。でもその後、独りで舟に乗って、その後は――どこへ行ったか、誰も知らん。行方知れずや」

やっぱりすごく悲しい話なのか、としんみりした気持ちになった――と想ったのはその瞬間《しゅんかん》だけで、楓は突然いつもの元気声に戻った。

「ほんでもな、聞いてえや！　あとで鶴姫さまのかたき討《う》ちをしたん、ウチのご先祖さまやで！　武吉さま、やっぱし最高にカッコえーんよ！」

そう言って、心から嬉しそうに笑いかけてきた。なんかつられて嬉しくなるような笑顔だったから、笑いそうになるのを堪《こら》えるのが大変だったんだ。

「ふーん、なんか……大変だな」

「そんだけ？　冬樹、反応うっすいな〜」

俺がどうでも良さそうだからか、楓がムクれた。

「まあまあ、ええやん。ほしたら、絵馬、絵馬書こうや！」

「えま？」

「うん、木で出来た、願いごとカードみたいなやつ。神さまにお願いごとするのに使うやつ。見たことない？　台形のお札《ふだ》みたいな」

神さまへのお願いごとカード……確か、浅草に初詣《はつもうで》に行った時に書いたことがあるな。四角っぽい木の板で、専用の場所に吊《つ》り下げておくやつだ。

「あ、あれか。知ってる」

「願いごとを書いて吊るしといたら神さまが願いごとを叶えるの、手伝ってくれるんよ」

「そんなもん、効果あるかいな」

突然、俺たちのじゃない声がした。聞き覚えのない、こっちをバカにしたような、低い男の声だった。声の方を振り向くと、こっちをにらみつけていたのは高校生くらいだろうか、でも制服は着ていない。東京にいた頃、塾の帰り道でよくこういう人たちを見かけた。

茶色い髪の毛で、タバコとか吸って、ゲラゲラ大声で笑っていて、俺たち小学生が前を通ると、なんか変なことを言って絡《から》んできてさ。でもこの人、どこかで見たような顔をしてる。

「そんなんで願いが叶っとったら、楓、兄ちゃんはとっくに戻っとるし、宝だってとっくに見つかっとるやろが」

「龍一《りゅういち》、愛子の兄貴。今、高校一年生や」

こそっと、俺の耳元で学が囁いた。そうか、愛子によく似てるんだ。元はカッコいいのかもしれないけど、髪の毛をパサパサの変な金髪《きんぱつ》にして、ダボダボの緩《ゆる》いジャージの上下、靴《くつ》のかかとをつぶして履《は》いてる。

愛子の兄さんって、格好も不良っぽいし、高校生なのに小学生の俺らに絡《から》んできて、イヤなやつなんだな。

あ、そういえば、前に一度だけ見かけたことがある。フェリー乗り場から左に入る道、学の家に続く道の途中で、怖い顔で学になんか言ってた。俺はとっさに学がいじめられているのかと想って、急いで近くに寄ったんだ。けど、俺が近くまで来たら、こいつはどっかに行っちゃった。その後、学に聞いても詳しく話そうとしなかったから、もうすぐに忘れちゃったんだった。

「おどれまさか、まだ下らんことしとんか」

「下らんことって、なんや。龍一兄ちゃんかて、ここに来とんは絵馬を書きにやろ」

「何言うとん。んなわけ、なかろが」

「ほうか」

「じゃかあしい。それより、宝探しみたいな下らんこと、絶対いらんことすなや」

「いらんこと、違うわ！」

楓が叫ぶようにして言った。そうすると龍一は年下の女子相手なのに、楓の声よりも、もっと大声で怒鳴《どな》り返したんだ。

「いらんことや！　宝なんて探して何になるん！」

それでも楓は怯《ひる》まずに、龍一に向かって言い返した。

「みんなを、守ることになる！　エメラルド・リゾートのやつらから、島を守る！」

「アホか！　子供が、何を出来ると想とん。もう計画は、決まっとんやぞ！　あんなボート泥棒《どろぼう》のことなんか、忘れてまえ！」

俺だって、大人みたいに背が高い高校生に目の前で怒鳴られたら、普通でいられるか分かんない。でも楓は泣いてないし、龍一に押されないように、まっすぐそこに立っていた。両手のひらを握《にぎ》ってこぶしを作り、負けないようにじっと、そこに立っていた。

「ボート泥棒、違うけん！　蒼太《そうた》兄ちゃんはきっと、ちょっと借りただけなんよ！　ウチが宝もボートも見つけて、まとめて返したるわい！」

楓がそう言うと、龍一はちょっと驚いたような顔をした。それからすぐに、とても嫌そうな感じで口の端を歪《ゆが》ませ、銅像の足元にペッと唾を吐《は》く。

「あ～！　龍一兄ちゃん、何しとん！　鶴姫さまやで！　ツバはいたりしたら、絶対にいかんやろ！」

学が焦《あせ》ったような声で言った。俺はそこでやっと気付いたんだけど、もしかして俺よりも、楓や学は、この龍一ってやつにビビってない。

俺は東京で空手を習っていた。だから、いざという時は――もちろん道場の先生は、ケンカに使っちゃ駄目《だめ》だって言ってたけど――母さんや、こいつらを守るためなら、空手で戦える。でもさ、やっぱり、怖くないわけじゃない。だってこいつは大人みたいに背が高いし、がっちりしてて――強そうだもん。

だけど学も楓も、ちゃんと言い返してる。学に叱《しか》られた龍一は、ちょっと拍子抜《ひょうしぬ》けしたみたいで、釣り上がっていた目が、いつの間にか普通に戻っていた。

「もうええわ。アホ共に付き合っとれんわい」

そう言って、龍一はくるりと俺たちに背を向けて、海の方へと歩いていく。

「兄ちゃん、龍一兄ちゃん!」

学がその背中に叫ぶ。でも、アイツは全然振《ふ》り向かない。

兄ちゃん、か。確かにアイツは愛子の兄ちゃんだけど、あんなイヤなやつのこと、俺だったら絶対に兄ちゃんなんて呼びたくない。

楓が不安そうに、俺の顔をのぞいてきた。

「冬樹、怖かったやろ?　ごめん」

「いや――怖くないけど。楓こそ、大丈夫か?」

「うん、ウチはかまんけど――」

楓はずっと、俺たちに背を向けたまま、鶴姫の銅像を見上げている。

「それより、なんだよあいつ……」

「ま、気にせんと作戦会議しよや、今日は。な、楓」

学が一生懸命《いっしょうけんめい》、メガネを引き上げながら言う。でも、なぜか楓は振り返らないままで返事をした。

「悪い。ウチ、ちょっと父ちゃんとこ、行っとくわ。組合の場所、学、あんた分かるやろ。あとで集合しよ」

楓の様子が、少し変だと想った。でも学はそんなことおかまいなしって感じで、ぴょんぴょん飛び跳《は》ねてブーブー文句を言う。

「なんなん！　せっかく、こっちの島まで来たのに！」

それでも、じゃあ、と言ったと想ったら楓はもう走り出していた。灰色の石が敷《し》き詰《つ》められた道に響《ひび》く、楓のスニーカーが立てる軽い音。それが、どんどん小さくなっていく。

「あいつ、どうしたんだ？」

「ま、ボクらもあとで合流して、ご飯食べ行こ。今日の目的は、宝探しが成功しますようにってお願いやけん。ミッションはコンプリートや」

「あ、そういえば絵馬、書けなかったな」

俺がそう言うと、学は少し考えてから、こう言った。

「ん。でも多分、心の中でもかまんと想う、お願いするのは。気持ちが大事って、父ちゃんも言うとったわい」

お寺の息子が言うなら、きっとそうなんだろう。それにしてもここの神さま、絶対に願いごとを叶えてくれる――そんなふうに、言ってたな。でも、あの金髪高校生、愛子の兄貴は全然逆のことを言ってた。願いごとなんて、叶うわけないって。そういえばボート泥棒って、一体なんのことだ？

まだまだ、俺の知らないことがたくさんありそうだ――そんなの興味ないし知らないって、前なら想ったかもしれない。俺に関係なければ、聞いても意味ないからだ。でもなぜか、少しだけ――自分が分かってない鈴鳴島のこと、俺は知りたいと、想い始めていた。

帰りの車の中で、楓はやっぱりヘンだった。いつもウルサいくらい元気なのに、妙《みょう》におとなしくて。フェリーの上でもずっと海の向こう、遠くの方を眺《なが》めていて、じっと何かを考えてるようだった。

それから、俺たちは学校から島に着いてからは、決まったスケジュールで動くようになった。楓の家に行って、埃《ほこり》っぽい変なニオイがする蔵の中でいろいろ探してみたり、西の浜にある秘密小屋、木の箱みたいに薄っぺらい小さな小屋で、宝探しの謎《なぞ》とか、いつ行くべきかとか、そんなことを喋ってたんだ。

楓の家の、この倉庫みたいな場所、蔵っていうらしい。白い壁《かべ》に黒っぽい瓦屋根、大きな錠前《じょうまえ》の付いた木製の重い扉《とびら》の中には、博物館にあるような、古い巻き物とか地図とか、ご先祖さまの水軍が使っていたものがぎっしり詰まってる。蔵は、すごく不思議な場所なんだ。

楓の家は、この辺りでは一番に大きな屋敷《やしき》だ。ずっと昔から、水軍の時代から続く家なんだって。家の中にも、百年前の木のお札《ふだ》とか、槍《やり》とか、昔の鉄砲《てっぽう》とか——不思議なものが、たくさん飾《かざ》ってある。

楓は得意顔で、いろんなものを取り出しては見せてくる。学は昔から楓の家の蔵に出入りしてるから、自分の家みたいに何がどこにあるか分かってるんだって。たくさんの古いものは、いかにも重要そうに黒光りしていて、俺には何がなんだか全然分からないけど、ちょっとワクワクする。

そのうち俺が気付いたのは、瓦の先や大きな箱の上や巻き物の中に、繰《く》り返し同じマークが現れることだった。丸の中に漢字の「上」が描《えが》かれた、不思議なマーク。

「なあ、あのマーク、なんなの？」

俺が屋根の上を指差すと、楓より先に学が答えた。

「あれはな、村上家の家紋《かもん》よ。水軍の、しるしよ！」

「へえ、海賊のしるしってことか」

俺がそう言うと、楓も学も、飛び切り嬉しそうな顔でうなずいた。

「そろそろ、休憩《きゅうけい》しよか」

蔵を出て、楓の家の母屋《おもや》っていう、メインに生活する屋敷に入っていくと、おばさんがオヤツを用意してくれていた。

「おばちゃん、ありがとう！」

「ありがとうございます」

俺たちが頭を下げると、おばさんはニッコリ笑って台所へ入っていった。庭の前の縁側《えんがわ》に座って、コーラを飲みながらポテトチップスをつまむ。

「蒼太兄ちゃん、よう遊びに来て蔵のモン見とったわい」

「そうなんだ」

「兄ちゃん、資料館にもよう行っとったんよ。そんでな、昔の書き物とか、読み方を習《なら》うてたらしい。勉強よう出来たしな。ウチの父ちゃんも、蒼太はスジがええゆうて、よういろいろ教えてたし、蔵にも自由に入らしとった。みんな、蒼太兄ちゃんは学者になるゆうて――あの頃は父ちゃんらだって、宝探しを面白がっとったわい。越智のおっちゃんもおばちゃんも、元気で――」

あ、まずい、と想った。変な空気になってしまう。でも楓はちょっと鼻をすすってから、普通の声を出して全然違う話、宇治原先生の話を始めた。

「センセ、広島に彼女がおるいう噂やで!」

ほっとして、俺は別にどうでもいい話だと想ったけど話を合わせた。

「あの先生、あれでモテるのかな?」

学は学で、さっきからずっと腕を組み、口をタコみたいに尖《とが》らせて、広げた巻き物の前でうーん、うーん、と唸《うな》っている。

「どしたん学、腹でも痛いんか?」

楓にからかわれても、全然返事をしない。

まだなんか、コイツらのこと分かってないけど、少なくとも、今の俺は放課後を一人で過ごさなくていい。これまでは学校が終わったあと、家で母さんの帰りを待ってた。

でも、母さんが仕事から戻ったって、家が楽しいわけじゃない。

母さんからは、エメラルド・リゾートが島を買い取ろうとしてることとか、仕事がどうだとか、相変わらず何も聞いてない。母さんは喋るよりも、溜息をついたり、キッチンのテーブルに座ってぼんやり考えごとをしてることが多いんだ。母さんが、なんのことで悩んでるのか俺には分からない。ウチに、エメラルド・リゾートからの手紙が来ていたのは、俺も知ってる。キッチンのテーブルの上に、開いて置いてあったんだ――今週の土曜日の日付と、「住民説明会」って書いてあった。エメラルド・リゾートの人たちは、島の人たちに説明する予定なんだ――学によると、「工事をもうすぐ始めたいんですけど」っていうことをあっちは言いたいらしい。

そういえばこの間、こんなことがあった。

港から家への帰り道、おじいさんとおばあさんが立ち話をしてた。

「ハルさんも、出ていくらしいな」

「仕方ないやろけど……病院もここにはないし」

「こんな年寄りだらけの島を買いたいいて、ありがたい話よ。今治《いまばり》の娘んとこに、少しは渡せるわ」

「そんでもご先祖さまを置いてくようで、なんだかなぁ」

俺はそのまま通りすぎたから、二人がどんな表情をしているのかは分からなかった。

俺と母さんは晩ご飯を食べたあと、なんとなくテレビを観る。こっちに来る前、東京での俺は塾《じゅく》に通っていたし、学校のある日はあんまり家にいた想い出はない。塾とか習い事をしてないと、夜ってすごく長いんだなと想った。

「冬樹、宿題は？」

「あ、今日も学んちで片づけた」

秘密小屋については、母さんには知られたくなくて——話してない。

「そう。えらいね」

「……別に、そんなに大変じゃないし」

俺と母さんは、また視線をテレビに戻した。今夜は、そんなに面白い番組はやってない。東京の家と違ってケーブルテレビや衛星もないし、こっちはチャンネルもなんか違う。そういえば、DVDを借りに行ったりすることも、ここに来てからはない。

「ね、中学のことなんだけど」

「ああ、分かってるよ。俺、東京じゃないなら私立なんて別に、行きたくないし」

引っ越す前は塾に行っていたから、東京にある私立の学校について結構知っていた。自分の家のある高円寺《こうえんじ》から、どの電車やバスに乗ってその学校へ通うのか。塾の友達は、どの学校を受けるのか。制服を着なくていい学校、高校受験しなくていい学校、大学まで受験しなくていい学校。俺はあたりまえのように、そのどれかに通うんだと想い込んでいた。

母さんは俺の言葉を聞くと、なぜか少しだけ、悲しそうな表情をした。あの顔。怒られるよりもずっと、俺が悪いって想わされる感じがして、本当に嫌だ。

「ごめんね」

「え?」

「いろいろ、冬樹には我慢《がまん》させちゃってるね」

「いや、そんな……こと、ないよ」

どうして、母さんはこうなんだろう。なんで、あんな顔するんだろう。

「冬樹、父さんが――」

「……何?」

平気なフリをしようと想ったけど、声で母さんにバレてしまったかもしれない。父さん、って言葉を久し振りに聞いて、俺は一瞬すごく焦った。

「冬樹さえ良ければ、東京の学校、受験してみないかって」

「……え」

「この島ね、リゾート開発の話があるんだってね。島が元気になれば、お母さんの仕事も増えるかな……。なんても思ってたんだけど、でも、島も今は反対派や賛成派でもめてるし……島を出ていくとか出ていかないとかいう話も聞くし……私たちも、もしまた引っ越すことになったりしたら……冬樹も、やだよね。そんなことになるのなら、いっそのこと冬樹は東京に戻っても――ね、成績は良かったんだし。今からでも……」

「それって」

「え?」

「なんか、勝手じゃないの」

「冬樹、でもね」

「俺のこと、もう、いいわけ」

「そうじゃなくて」

「そういうことじゃないか！　なんで、何も言ってくれないいんだよ！」

自分でも驚くほど、大きな声が出た。

「この島、出てかなきゃいけないかもしれないの、俺、知ってるんだ――でも、もう、いいよ！　勝手にしてくれよ！」

身体が自然に動いて、立ち上がっていた。母さんが、驚いた顔で俺を見上げている。驚きと悲しみとが混ざったようなその目が、ものすごく痛くて、苦しくて、俺はどうしても、これ以上は家にいられない、と想った。こんなふうに自分が抑えられなく想うのは、本当に初めてのことだった。

「冬樹！　どこ行くの！」

背中越しに、母さんの声が聞こえる。でも俺は振り向くことも、走るのをやめることも出来なかった。玄関でスニーカーを履いて、急いでドアを開けて飛び出した。

走りながら俺の心臓が、ドクンドクンと大きな音を響かせて鳴る。身体中に血が巡《めぐ》っているはずなのに、全然熱くならなくて、反対に、頭がさっきよりもずっと冷たくなっていくように感じていた。

どうしても、家にいたくなかった。でもこんな時間に外に出るの、初めてだ。外灯のない坂道を海に向かって走り、港の前を通る道を右に曲がる。黒い海、波の音。ざわざわと音を立てる木々に茂った葉が、おいでおいでするみたいに風に揺《ゆ》れている。虫の声が耳の奥に響く。大きな丸い月が空に浮かんでいて、辺りを明るく照らしている。俺は怖いなんて、全然想わなかった。行かなきゃって気持ちでいっぱいで、とにかく家から離れたかった。

何よりも、俺は怒《おこ》っていた。久し振りに、本気で心が冷たくなっていた。大嫌《だいきら》いだと想った。

母さんは勝手だ。父さんだって勝手だ。

自分達の都合で家族をバラバラにしてさ、その上、俺のこの先を勝手に決めようとしてさ。そんで、あなたのためよ、とか言うんだ。

大人って、いつもそうなんだ！　今さら東京に戻れなんてさ、俺の気持ちなんて一度も聞かれてないのに、父さんは電話ひとつくれなかったくせに、母さんとは話してたってことだろ、二人では相談してたんだ。俺のこと、俺の、俺のことなのに！　俺の気持ちなんて、ひと言も聞かないで。

父さんは、俺のこと——捨てたくせに！

がむしゃらに、俺は先に進んでいた。前へ前へと、もっと家から遠い場所へと。

それでも俺は、自分がどこに向かって走っているのか分かっていた。いつもみんなで秘密会議をする、子供しか入れない、西の浜の小屋だ。最近では、もうだいぶたくさん、冒険のために用意したものが中に入っている。懐中電灯《かいちゅう》もあるし、寝袋《ねぶくろ》も入れてある。

道路から階段を下りて、砂浜を走っていく。踏《ふ》み込むと沈《しず》んでしまうから、砂の上をうまく走れない。けど、俺は必死に小屋に向かって走っていった。なんでか分からないけど、あの中にいれば俺は安全で、きっと大丈夫だって信じてた。

大人がいない、あそこなら。秘密小屋は、子供だけの場所なんだ。

父さんも母さんも、俺があそこにいる限りは、俺のことを勝手に決められない。

もし月が明るく出てなかったら、怖かったかもしれない。でも、今日は月がピカピカに丸くて、自分の影が見えるくらいだったんだ。楓や学と遊び始めて、島の中を知るようになっていたしね。

小屋は、本当に小さくて物置くらいの大きさだ。俺たちが入ったら、もうキツキツで、昼間だと暑くて、ドアを開けたままにしないといけないくらい。でも、それが最高なんだ。ドアは道路じゃなくて海の方に向いているから、中から太陽を反射してキラキラ光る水面《みなも》が見える。あの海は、子供だけの領土だ。

小屋の黒い影が見えてきたから、俺は走るのをやめて、歩き出した。砂の柔《やわ》らかい感触が、スニーカーの裏から伝わってくる。波の音が、耳に戻ってきた。

とにかく今は、母さんのことも、父さんのことも考えたくない。

月が海を照らして、まるで光の道みたいになってる。俺はドアに手をかけようとして――でも、その時、ゆらゆら揺れる弱い光が中から漏《も》れているのに気付いたんだ。

小屋の扉には、ドアノブなんて付いてない。ただ、薄い板で出来たドアの先には小さな木の破片の出っ張りが取り付けられていて、それを引っ張るだけ。もちろんカギもない。

ギシ、と、中から音が聞こえたと想った次の瞬間、大きな音を立てながら、何かが内側から飛び出してきた。

「コーラァァ！」

「う、わぁぁぁあ！」

俺はもうわけが分からなくなって、とにかく大声で叫んでしまった。逃げ出したかったけど、足が動かなくて――バランスを崩《くず》して、その場に座り込んでしまう。すごく短い間の出来事なのに、いろんなことが一瞬のうちに頭に浮かんだ。もしかして、オバケ？

「アハハ！　めっちゃビビっとる！」

聞き覚えのある、明るい声。マジかよ。

「えっ？　か、楓なのか？」

「どしたん冬樹、こんな時間に」

俺は砂を払《はら》いながら立ち上がり、思いっきり驚いてビビったことが恥ずかしかった。でもなんかさ。さっきまで、俺の身体の中は大人たちへの怒《いか》りでいっぱいだった。けど——おかげで、すっかり心からモヤモヤが消えてたんだ。

「なんかな、誰かが来るのは分かっとったんやけど。怖かったから、こっちから驚かしちゃろ、想て。冬樹とは想わんかった」

小屋の中に入ると、元々置いてあったアウトドア用のランプが灯され、ゆらゆらと光が揺れている。それから、開いたポテトチップスと缶《かん》ジュース、食べかけのミカンがテーブル代わりの段ボール箱の上に置いてある。

「お前、ずっとここにいるのか？　今日」

「ん、晩ご飯食べんかったけん。ゴメンよ、宝探し用の食料、開けたけん」

「まあ、いいんじゃない？　それより楓、なんか、あったのか？」

「冬樹、そっちこそ」

俺は、段ボール製のテーブルを真ん中にして、楓と向き合うように腰を下ろした。俺はご飯食べたし、何も持たずに走ってきたけど。食べ物、持ってくれば良かったかな。

「冬樹、ポテチ全部食べてかまんよ。ウチ、もういらんけん」

「お、サンキュ」

普通にポテチは好きだけど、なんとなく、どこから何を話したらいいか分からないと想った。とりあえず、ポテトチップスを一枚取り出して、前歯でかじった。いつもは食べ出すと、袋に手を入れ続けて全部食べるまで止まらなくなるんだけど、一人だけパリパリ音を立てるのがなんか嫌だった。だから俺はゆっくり、楓が何かを話し出すまで油断しないで食べることにした。

ゆらゆら揺れるランプの光を見つめていると、なんかクラクラしてくる。俺たちはただ、黙っていた。黙っているのに退屈《たいくつ》して耳をすますと、波の音や虫の声が聞こえてくる。そうしたら急に、なんだか安心してきたんだ。

ただ、黙っていただけなんだけど。何も説明しなくていいって、楽なんだな。そんなことを想っていたら、楓がすごく久し振りに声を出した。

「なあ、どして今日、ここ来たん」

でも普段の楓だったら、笑いながら早口で聞いてくるはずだけど、今は違った。なんか少し、声が寂《さび》しそうだった。

「なんでって……ちょっと、家にいたくないと想って」

「家出、してきたん」

家出、なんて言われると、少し大袈裟《おおげさ》なような気がした。そんな大したことじゃなくて、分かんないけど、あの時は自分で我慢できなくて――考える前に靴を履いて走ってた。家出ってなんか、もっと絶対家に戻らないぞって強い気持ちがあって、決心してやることのような感じがする。

今は家にいたくないし母さんと話をする気分でもない。一人が良かった。そうじゃないと、母さんを傷つけて、俺が最低なんだって想わされる顔をするんだ。あの母さんの顔を見るのが一番キツい。とにかく嫌なんだ。

「……分かんないよ。お前は？」

「う〜ん、そうやな」

楓は考えている時の顔をした、最近分かったけど、こいつ本当に真剣に何かを考えてる時、くるっと目玉を上に回すんだ。

「そうやな……さっきはもう絶対、家におりたくなかった。さっきは、それだけやった。

家出って、そんな感じやん」

そう言いながら、いつもの顔で楓は笑った。

同じだな、と想った。なぜか今夜は、コイツも同じような気分でいたらしい。じゃあ、俺も家出をしてきたのかも。

「どうしたんだよ、お前。なんで家出したの」

「ちょっとな。父ちゃんと、やりあった」

楓はふざけてシュッシュッと口で音を立て、ボクシングの構えみたいなポーズをする。神社に連れていってくれた、優しそうな楓のお父さんの顔が頭に浮かんだ。

「マジで？　楓の父さん、怒ったりするんだ」

「うん。宝探し、やめい言うんよ」

「なんで？」

「面倒《めんどう》、起こすなって」

「面倒？」

「蒼太兄ちゃんのことがあるし――ウチの家族もやけど、大人はみんな、もうすぐ、この島から出ていくけんて――そればっかりなんよ」

俺はさっきの母さんの顔を想い出して、うなずいた。

「うん、そうだな」

「冬樹んちにも、エメラルド・リゾートから来とったやろ？　今週末は、住民説明会やけん。あいつらが、どんなして工事するかを説明する。それを聞いたらもう、工事は始まってしまう。うちら、もうすぐ中学やんか——そしたら、バラバラになってしまう」

楓は目を伏せて、指先に前髪の先を絡ませながら、話し出した。

「アイツら、もう何年も前からずっと、この島を狙《ねら》っとったんよ。でも——ここ、年寄りが多なって、子供もあんまおらんやろ。大人はみんな、もうここを売って、別の場所に住んだ方が楽なんじゃないか、とか言い出して——もちろん、みんなが賛成しとるんと違うんよ？　じいちゃんとか、ばあちゃんとか——親戚が島の外におるならマシやけど、そうでなきゃ、ここ出て、どこ行くんぞなって。老人ホーム、世話するとか言って——はじめはな、ウチの父ちゃんらやって、絶対反対やって言うてた。でもな、蒼太兄ちゃんがおらんくなって——蒼太兄ちゃんのことは、学から聞いたやろ？　——越智のおっちゃん——蒼太兄ちゃんのお父さんな——越智のおっちゃんらが、一番強く反対しとったけん——なんか、みんな——変わってしもたんよ」

コイツ、こんな顔するんだな。

「ほやから、みんなは——大人たちは、宝なんて、ないって、言うんよ。そんなもん、もうない。あったらとっくに見つかっとるって。蒼太兄ちゃんが宝探しに出かけたんは、自分らのせいやのに。大人が、ウチらの故郷を消してしまおうと、しよんよ。自分らの故郷でもあるのに。こんな年寄りだらけの島、いかん、言うて。みんなで暮らせる方法、考えることも、しないで——」

楓は、静かに大粒の涙《なみだ》を流していた。ぽろり、ぽろり。こぼれた涙が砂に落ちて、消えてゆく。

「蒼太兄ちゃんだけやったん。本気で島のこと、みんなのことを想っとったのに。水軍の宝見つけて、アイツらから島の土地買い取って、じいちゃんやばあちゃんが安心して暮らせる場所を作って。そしたら、ずっとずっと故郷はそのままやけん。ウチらが出ていってしもても、また同じ場所に戻ってこられる、って」

鼻をすすりあげ、楓は右腕で乱暴に頬をゴシゴシこすった。

「ゴメン、こんな。でもウチら、来年は中学や。中学はみんな別々のとこに行くことなるし、もうすぐバラバラや。だからホントに、宝探しに行くには今しかないんよ。今しか！蒼太兄ちゃんの夢、叶えられるの——今だけなんよ！」

楓の「今しか」という言葉が、妙に耳に残った。

俺は何も言えない——ただ、うなずきながら聞くことしか。そういえば、コイツとこんなふうに話すの、初めてかもしれない。普段は学と一緒だし、なんといっても――宝探しについて話す時って、なんだか無理にでも元気にしてるみたいな、俺たちを信じさせようとしてるような感じで、なんか「本当の気持ち」を話されてるような気分になったことがなかった。でも今日は、なんだか――気弱になってるのかもしれないけど、すごく普通に、コイツが何を考えてるのかが伝わってくる。

今日、家にいたくなかった俺たちは、もうすでに気持ちが通じていたのかもしれないけど、いつもなら俺には関係ないって想うはずなのに、楓の横顔を見てるだけで、なんだか苦しくなるくらいなんだ。

だって、どうしようも出来ないことに立ち向かおうとしても、俺たちは――子供なんだ。出来る、絶対に大丈夫って思い込もうとしても、心が折れてしまいそうになる時だって、あるんだ。

大人はみんな、蒼太さんのことを無理にでも忘れたら「誰も傷つかない」って、信じ込んでる。だから大人は、宝探しそのものを価値がない悪ふざけだってことにしたいんだ。子供たちは――俺以外の二人は、どうしても蒼太さんが探していたものを見つけたいと心から想ってる。コイツらが蒼太さんみたいに消えてしまったら。それが大人は怖いんだろう。その気持ち、分からないではないけど。

前は仲間だったという龍一や愛子は、大人の気持ちになったのかな。

「そっか……家にいたくない時だって、あるよな」

それが、俺がなんとか言えたことだった。

蒼太さんがいた頃は、大人たちは子供たちが宝探しに夢中になっていても、別に放っておいたって。みんな、応援してたんだって。でも蒼太さんが本気で夢を叶えようとしてること、島を救おうとしてることを、本当の意味では大人は誰も、信じていなかったんだ。

でも、そんなのって、すごく悲しくない？

誰も自分の言うことを認めて、信じてくれないなんて、悔しい。きっと蒼太さん、悲しかったはずだ。

「もしかして蒼太さん、家出したことあるかな」

俺が言うと、楓は少し黙って――それから、蒼太さんとの想い出を話してくれた。

「ホントに、カッコ良かったんよ、蒼太兄ちゃん」

「じゃあさ、あの龍一ってやつは、その――蒼太さん、だっけ？　その人がいなくなる前から、宝探しの邪魔者《じゃまもの》だったの？　ボート泥棒って悪口言ってたろ」

「いや……ウチらの島は大丈夫なんやけど、よその島には残された兄ちゃんの家族を悪く言う人おって――兄ちゃんがおらんくなったのに、平気そうにしとるとか――ボート泥棒やとか、いろいろ言われて。それで、越智のおばちゃん悲しすぎて——おかしくなってしもたんよ。蒼太兄ちゃんまだ見つかっとらんのに、九州《きゅうしゅう》に行ってしもた。でも龍一兄ちゃん、ほんとはあの人らみたいに想てないはずなんよ。ほんとは。分かる？　めっちゃ仲良しやったけん、あの二人。相棒やったんよ」

想い出して悲しくなったのか、楓は大きな音を立てて鼻をすすり、さっきよりももっとポロポロ涙をこぼして泣き出していた。ヤバい、と俺は少し想った。だけどハンカチもタオルも持ってないし、そのまま話を聞き続けるしかなかったんだ。

「だってな、この小さな島よ。子供らはみんな、兄ちゃん、妹やん。ずっとずっと、一緒に過ごしてきたんよ。ウチだって、ほんと龍一兄ちゃん大好きやけん、愛子も。でも兄ちゃん、変わってしもて、ウチらとちゃんと話してくれんくなって。でもな、ウチも正直、そんなん分かるんよ。蒼太兄ちゃんがいなくなった日から、なんかな、心のどっかに、穴、空いたような感じ。ほんでもな」

楓はまたグイっと右腕で頬の涙を強くこする。泣いてるのが恥ずかしいのか、男みたいな仕草だ。それから、また話し出した。

「ウチと学な、絶対に——ただ悲しい想うんだけはやめよ、って話したんよ。悲しんどるだけじゃ、なんも始まらんし。蒼太兄ちゃんのこと、ウチら、よう知っとる。だからますます、自分のことでウチらが悲しんでたら――蒼太兄ちゃん、もっと悲しい想うんよ」

そう言ってから、楓は下を向いてしまった。

あの日、神社で龍一と会った時のことを俺は想い出していた。だからあいつ、なんか苦しそうな顔だったのかな。それに、あの時の楓――俺たちを一度も振り向かないまま走っていた楓の背中は、妙に寂しそうで、不思議と俺の心にずっとひっかかっていたんだ。

だからなんか、今日はこのまま、泣きたいだけ泣かせてやろうって、そんなふうに想ったんだ。

「そっか……」

のどからは、やっとその言葉だけが出た。ただ、聞いているよって合図するだけで、精《せい》一杯《いっぱい》だった。そしてようやく楓は、すごく強くてしっかりした声を出して、こう言ったんだ。

「愛子と龍一兄ちゃん、それぞれ多分、いろいろあるんやと想う。いろんなことを、多分いろんなカタチで、想とんよ。でもソレ、別に、いいやんか。みんながみんな、同じやなくても」

「いろいろ、か……」

「うん。悲しみとか、不安って、みんなそれぞれで表し方が違うけん」

本当は、大人たちだって自分と同じように、蒼太さんが消えてしまったこと、故郷を失いそうなことを悲しんでいるのを、楓は分かっているのかもしれない、と俺は想った。悲しみとか、不安の表し方、か。母さんの、悲しそうな顔が頭に浮かんだ。今はもう、そんなに、イヤな気持ちにはならない。

大人たちの、あきらめ。龍一の、乱暴な態度。いきなり不機嫌になって怒る、愛子。いろんなことに理由もなくムカついて、全部から逃げ出したい、俺。

もしかして、人はすごく悲しい想いをすると、大事だったはずの人やモノのことを、ちゃんと扱《あつか》えなくなるのかもしれない。

「なあ……冬樹、ほんとに」

「なんだよ」

「ほんとに宝があるって、信じられるか？」

こんな時に、どんなふうに答えれば正解なんだろう。

俺が「うん、信じてるよ」って答えれば、楓は嬉しいかな。

でもそれは、ウソをつくことになるんじゃないだろうか。相手が気に入りそうな答えを言うことは、相手にだけじゃなくて、自分に対してもウソをつくことに、なるんじゃないだろうか。

——冬樹。東京離れるの、イヤ？

母さんが聞いた、あの時。

もし俺が「うん」と言ったら、母さんが独りぼっちになることを知ってた。

父さんには、浅草のおばあちゃんがいる。だけど俺にとって東京は、生まれ育った故郷だ。母さんにとってだって、長いこと暮らした自分の街だ。でも母さんは、東京を捨てて知らない場所に行こうとしてた。

俺はどうしても、母さんを守らなきゃと思った。

俺はただの子供だから、出来ることって、それだけだった。母さんを、独りにしないこと。

だから、俺は言ったんだ。

「母さんと一緒に行くよ」って。

つまり父さんと遠く離れて暮らすことになるのも、分かってたはずなんだ。でも、こんなに苦しいなんて、実際に起きてみないと知らなかったよ。

俺、父さん大好きだった。

あの頃はたまに、息することを、忘れてしまってた。俺、もしかして、父さんに嫌われたのかな？　それとも、最初から俺のことなんてどうでもよかったのかな？　とか、そんなことばっかり、考えてた。

だってこの島、子供じゃどうすることも出来ないほど、東京から離れてる。周りを全部海で囲まれた、小さな島なんだよ、ここは。俺は船を運転できない。そこまで上手に泳げない。この島で育ってないから、ご先祖さまなんてここにはいない。

でも今――、自分の胸のずっと奥の方から、何か、不思議な感じがした。

ちりん、と鈴の音が聞こえた気が、したんだ。

「信じるよ」

よく考えて決めた言葉だった。自分なりにだけど、ちゃんと答えを出したんだ。俺は「信じたい」って、想ったんだ。子供だけど、何か自分たちでも出来るんじゃないか、って。俺だって、自分でびっくりしたんだ。だって、こんなふうに想うのって、本当に今まで、一度もなかったんだから。

俺は、笑ってるはずだと想って楓の方を見た。そしたら――なんか、さっきとはまた別な感じの、泣きそうな顔だったんだ。

「――信じんと、いかんよねえ」

それはいつもの、自信満々な声じゃなかった。小さくて、弱かった。俺はすぐに、楓を見た。目を伏せて、なんだか苦しそうだった。そんな表情は初めてだったから、俺は驚いた。

「えっ？」

信じられなかった。想わず、聞き返してしまったくらいだ。

「だから、ウチな。ビビっとんよ」

普段からは、想像もできないような弱い声だった。何、言ってんだよ。楓。

そんなことを言う楓を見ていたら、なんだか悔《くや》しいような、苦しいような気持ちになってきて――意味が分かんないけど、俺は思わず叫んでしまっていた。

「……お前、俺たちの大将じゃないのかよ！」

「……冬樹」

「お前って、そんなやつじゃないだろ！　蒼太さんの夢叶えて、島を守るんだろ！」

俺は、なぜか分からないけど止まらなかった。あとからあとから、よく分からない気持ちがあふれてきて止まらなくて、でも絶対にここであきらめちゃ駄目だ、このまま帰るなんて絶対に駄目だ、それだけを強く想っていた。

「ここで帰ったら、もう終わりだぞ！　宝も、夢も、蒼太さんも、全部忘れていくんだぜ！　それで、本当にいいのかよ？」

気付いたら俺は、楓の両肩をつかんでしまっていた。力を込めて、動いてくれ！　と願っていた。弱気になってる楓の心が動いて、本当の気持ちを想い出してくれるように。

「頼《たの》むから！」

「ほうやな」

そして、下を向いていた楓が、ふっと顔をあげた。俺の目をまっすぐ見つめて、大きな黒い両目が光っている。

それから、少し笑った。

「ありがとう、冬樹」

「う、うん」

熱く、なりすぎた。かなり力を入れて肩をつかんでしまっていたから、楓は痛かったかもしれない。

小さな声で、楓は話し始めた。

「仲間やのに。独りで行くって、なんでなん？　って想ってた。ずっとな、この島の子らみんなで、行こうって、約束しとったんよ。なのに。

でも……今は。ウチがやらんと、誰もやらんけん。だから、冬樹、仲間になってくれて、ありがとう。三人になって、学とだけよりも、力が何倍にもなった」

俺は、なんかくすぐったいような、照《て》れくさくてどうしようもなかった。だってさ、俺は、そんな力なんて、何もないもん。

「絶対、宝、見つけよな！」

いつもの、元気な楓の声だった。

「よっしゃ、遅くなりすぎる前に、家に帰っとこ。今は、あんま心配させんとこ」

「ん、そうだな」

「冒険の前やけん、怪しまれるんも、困る！」

アハハ、と声をあげて、楓が笑った。薄暗くて、よく見えなかったけど――あの大きな両目は――いつもよりキラキラ輝いて見えた気がした。もしかして、月のせいかも。

その夜は、すごく不思議だった――俺たちが小屋を出て海を見た時は、全然普通の満月の夜の海だったんだ。月が水面に反射して、まるで月へと続く金色の道が出来ているようだな。楓は自転車を押して、俺はその横を歩いた。それで、喋りながら港に着いたらさ――

楓がいきなり、叫んだんだ。

「冬樹！　海！　見て！」

俺はびっくりして、顔をあげた――そうしたら、海がモヤに覆《おお》われて、真っ白になっていた。

「なに、これ――」

俺は、こんな光景を見るのは生まれて初めてだった。だって、さっきまで海はそこにあったのに、今ではもう、港に停めてある船の舳先《へさき》だって見えないほどで——もう言葉が出てこない。キレイだけど、怖くて——ただ、そこに立っているだけで、精一杯だった。

「白き、海——海霧《うみぎり》、やったんか」

「ウミギリ?」

「ああ、地図にあったあの言葉——丑寅の方へ、白き海を進みゆくべし——今、分かった!」

俺たちはしばらく白い海を見ていたけれど、ずいぶん遅い時間になっていた。別れ際、大きく両手を振りながら楓が叫んだ。

「行こうな、冬樹! 宝探し!」

それを聞いて、俺は想ったんだ。オッケー、俺だって。こうなったら、やってやるぜ。楓に見えるか分かんなかったけど、俺もめちゃくちゃに両手を振り回して、アイツに応えたんだ。

「気ぃつけえよ。落ちたら魚のエサやけん」

学校帰り、フェリーの手すりに手を突いて身体を乗り出して海を見ていたら、さっき港で車に乗っていたおじさんが、俺に話しかけてきた。

「はーい、気をつけます」

俺が子供らしく言うと、おじさんは真っ黒いシワだらけの顔でニコニコ笑った。

「どこの子や」

おじさんは俺に聞いたのに、楓が代わりに答えてしまう。

「おっちゃん、あっこの家、丘の上。同じ学年に入ってきたんよ」

「ほうかほうか、仲間増えて、良かったな。仲良うしぃよ」

いつの間にか別のおじさんが後ろに立っていて、話に入ってきた。

「宮本のお嬢《じょう》な、下におったで。あんたら、仲良うせんかな」

「うん。分かっとんやけど」

「もういつまで、ここに一緒におられるか分からんのやけん」

「おっちゃん！　そげなこと、ないわい！」

楓の声が、硬くなって震えた。学も、下を向いて何も言わなかった。おじさんたちはそれ以上何も言わず、客室の中に入ってしまった。

蒼太さん――中学生がいなくなってから、二年が経っている。その家族だって、もう島にはいない。

あの家出の夜以来、コイツらに対して俺の感じ方が、どこか変わったことに気付いた。なぜか分からないけれど、自然に。俺は家に戻る前に、母さんの携帯《けいたい》に電話してみた。ワンコールですぐに出た母さんは、叫んでいた。ごめんねって何度も、泣きながら。港で待っていたら、母さんが来た。それから俺たちは、この島に引っ越してきてから初めてくらいに、ちゃんと話が出来たんだ。

母さんも引っ越してくるまでは、エメラルド・リゾートのことを知らなかったそうだ。仕事場の人に聞いた話によれば、この島にリゾート化計画の話が来た時は、半分くらいの島の人たちが反対したそうだ。港も景色も変わってしまうし、山の畑で野菜や果物を作る人たち、海で魚を捕《と》る人たちも、仕事場を失う。でも一番の問題は、この島にはおじいちゃん、おばあちゃんが多すぎることらしい。子供は俺たちだけだし、このままだと未来には誰もいなくなっちゃうかも、なんだって。

だから、新しい人たちを島に呼ばなきゃいけなくて——それに一番反対運動を頑張《がんば》っていた蒼太さんのお父さんたちがいなくなってしまって——今では、島の人たちはほとんど、エメラルド・リゾートの計画に賛成してしまっているんだ。

でも、楓と学は違う。アイツらと今の俺は、大人が無理かもしれないって想ってることを、やってやるんだ。宝を見つければ、もっと別の方法で新しく人を呼べるかもしれない。港や自然をつぶさずに、今のままでもっと、何かが出来るかもしれない。それは、蒼太さんが考えてたことだった。それに島の子供たちのみんなが、それを信じてた。

フェリーが鈴鳴島に向かって、海の上を滑《すべ》っていく。デッキにいると風が強く吹いて、遠くに島の影が見えて、水軍の人たちも、同じ島影と沈んでいく太陽を見てたんだろうなって、想えたりもする。

そんなふうに、ぼんやり考えごとをしていたら、耳の奥で何かが、ちりんと響いた。かすかな、鈴の音——どこから聞こえてくるのかは、分からない。フェリーの中？ それとも気のせいかもしれないけど——俺には、確かにあの音が聞こえたんだ。

また、愛子が見てる。

渡り廊下から校庭の隅《すみ》。木が、三本植えられてるところ。あれはミカンの樹なんだってさ。

俺がトイレから戻って、楓と学がいる場所へ走っていこうと想ってたら、渡り廊下のところに愛子がいた。これまでの俺なら、面倒に巻き込まれたくないからって、絶対にシカトするところだ。でも、想ったんだ。もしかして愛子、本当は一緒にいたいんじゃないか？　ってさ。だって、そうじゃなかったら――あんなふうに、寂しそうな顔で誰かのことを見たりしないよ。

すぐ横に近寄っても、愛子は俺に気付かない。ぼんやりしてる。屋根のある渡り廊下から校庭を見ると、遠くの方で黒い雲が広がりつつある――また、降ってきそうだ。雨ばっかりの梅雨の時期は、なんだか少し、ユウウツだ。

「なあ、愛子」

「え？」

突然話しかけられたので、愛子は少し身体をびくっとさせて振り向いた。なんでもないフリしてる——わざと、意味が分からないって感じにしてる。でも、あの顔になってる、眉毛と眉毛の間にぎゅっと力を入れた、ちょっと怖い顔に。でも俺、今日は絶対に言ってやると想ったんだ。

「そんなに見てるならさ。行こうぜ」

「何がよ」

「一緒に行こうぜ、あっち。楓と学んとこ」

俺は出来るだけ、優しく言ったつもりだった。でも愛子は、そうは想わなかったみたいだ。だっていきなり、俺に向かって怒鳴ったんだから。

「何も知らんのに、適当なこと、言わんとってや！」

「え、俺」

「ほうよ！　ウチらに何があったか、何も知らんくせに！」

怖い顔をした愛子は、乱暴に両手で俺の肩を弾《はじ》いた。突き飛ばされた俺は廊下の端によろけて、その隙《すき》に愛子は廊下を走っていってしまった。

でもさ、あの夜の楓の言葉——悲しみの表し方は、人それぞれ違う、ってやつ。

何となくアレが、頭に浮かんだんだ。

絶対に、何かきっかけがあって、あんなふうに不機嫌だったり、自分のしたいように出来なくなったりするんだ。あんまり悲しいことがありすぎると、心の中に嵐《あらし》が吹《ふ》き荒《あ》れて——他の人のことなんて、考えてられなくなる。

父さんと母さんが離婚《りこん》すると聞いた時、俺はただ「分かった」って言った。

それだけ。

別に、自分には関係ない。俺には何も出来ないから、黙って見てるだけ。そうしていれば、痛くならない。苦しくも、ならない。全部、いつかは消えてしまうんだから、それに反対しようとしたって、到底《とうてい》ムダなんだ。ずっと同じなんだろうなって信じてたことも、簡単に消えちゃうんだって想った。

だから俺は、あきらめるクセがついていた。もっと前は、そんなふうじゃなかったのにさ。

あの日、父さんは少し怖い顔で、俺の名前を呼んだ。

「冬樹」

俺はどうしても、父さんの目を見ることが出来なかった。

「お前は男だから、母さんを守れるな？」

ひどい質問だと想った。だってそんなこと、約束しなきゃいけないなんて。その時俺はもう父さんを、遠くに感じ始めていた。この人は俺を置いていってしまうんだろうか。でも俺は、それを止められない。隣の部屋で、母さんはずっと泣いてた。俺は母さんを、守らなきゃいけない。

胸が苦しくって、のどが詰まる感じがして、頭がぼーっと熱くなってきて、でも俺は泣いちゃいけない、って想ってた。口の中に溜《た》まった唾を飲み込んで、それから、なんとか声を絞《しぼ》り出した。

「分かったよ」って。

最後に見た父さんは、やっぱり怒ったような、悲しいような顔だった。今の愛子に似てる。

あの頃、俺はベッドに入るとかならず目をぎゅっと閉じてお願いをしてた。誰に向かってかは、分からなかったけど。

『家族がみんなで一緒にいられますように』

知らない間に眠ってしまうまで、何度も何度も心の中で同じ言葉を繰り返した。

『俺たちから父さんを取らないでください』

『家族がずっと一緒にいられますように』

自分のことを「俺」って言い始めたのも、あの頃だ。家の中の空気が変わっていった頃。それまで俺は自分のことを「僕《ぼく》」って呼んでたんだ、学みたいに。いつの間にか「僕」じゃなくなってたのは、願いごとなんか叶うわけがないって想ったからだ。「俺」の方が自分にしっくり来るような気がして、もう自分を「僕」とは呼べなくなってたんだ。

引っ越しの準備中、荷造りをしながらそのことに気付いた母さんは、手を休めてから、こんなこと言ってたっけ。「子供って、いつの間にか独りで大人になっていくのね」って。

そんなの分からない。そんな寂しそうに、言わないでほしいんだ。今の俺が大人かなんて、そんなわけないよ。まだ全然ずっとこの先も、子供なんだよ。父さんも母さんも、別に悪い人間じゃない。それなのに、どうして一緒にいるのは難しいのかな。本当は、そうやって父さんにも母さんにも聞いてみたかった。

けど俺はただ黙って、荷造りを続けたんだ。

あんな気持ち、もう誰にも味わってほしくないよ。

俺は愛子を追いかけて、教室に入っていった。放課後の教室には他に誰もいなくて、愛子が怖い顔でランドセルにノートや教科書を詰めている。まだ、窓の外は明るい――光の中に入ると、じりじりと身体が日焼けしているのが分かるくらいだ。愛子は全然、こっちを無視してる。けど、俺は聞こえるように大きな声で言ったんだ。

「そんなふうに、ずっと一人で悲しむな！」

俺は、愛子の気持ちがなんか分かると想った。俺も、同じ気持ちになったことがあるって、なぜか想ったんだ。愛子の話なんか聞いたことないのに、でもそう想ったんだ。だからもう、このまま一人にさせるなんて無理だった。

「楓も学も、悲しいのは一緒だろ。なのに、なんでだ？」

誰かのためにって想えば、俺はずっと強くなれる気がする。俺もその一人だし、鈴鳴島の子供全員のために――俺は伝えなきゃいけないと想った。

そしたら愛子は、突然ボロボロ涙をこぼして泣き出してしまった。

「ウチ……ウチなぁ、寂しいんよ」

俺は愛子のもっと傍《そば》に寄ってみた。机のところで、小さい子みたいに両手を目に当てて泣いている。いつもツンとすましているのに、今日はなんか、全然違う女の子みたいに見える。

「大丈夫だよ」

それだけ言ったけど――やっぱり目の前で女の子に泣かれるのって、困ってしまう。だってまるで、俺が泣かせたみたいじゃないか。もちろん、愛子のこれまでの寂しさがあふれてきてしまっているのは、分かっていた。だから、このまましばらく泣いていれば、きっと元気になるだろうとも想ってたんだ。

あの声が、聞こえるまでは。

「冬樹ぃ！」

窓ガラスが、ビリビリ震えるかと想った。大音量で俺の名前が呼ばれ、俺と愛子はハッと弾かれるように顔をあげた。廊下からアイツの足音が聞こえる、こっちに向かって、全速力で走ってくる。その後ろを一生懸命追いかけてるはずの足音は、まだ聞こえてこないけど。

「冬ぅ、樹ぃ！」

教室の扉がバンッと勢い良く開かれ、ハァハァと肩で息をしながら楓が入ってきた。

「あんた、愛子に、何、しとん。いくら仲間でも、場合によっては、許さんで！」

いくらなんでも、俺も愛子も二人とも分かった。楓、全力で愛子を守ろうとしてるんだ。

愛子が泣いてるから、絶対に守らなきゃって想ったんだろう。

「いや、ちが――」

「楓！　冬樹クンは、違う……」

俺たちは同時に、まるで言い訳するみたいに、急いで楓に向かって言った。そしたら楓の表情が突然、クルリとカードをひっくり返すみたいに変わったんだ。ものすごく怒ってたのに、ものすごく嬉しそうになったんだ——それから、愛子に飛びついたんだ。

「愛子ぉ！　ウチの名前、呼んでくれたやん！」

抱きつかれた愛子は、びっくりしたと想うけど——また、大泣きを始めたんだ。ふぅふぅ息しながら、学が教室に入ってきた。

「どしたん、どしたん！　どうなっとん？」

それ以上楓は何も言わず、ずっとずっと、愛子の背中をさすってた。愛子が泣きやむまで、みんなで待ってたんだ。

それから、俺が鈴鳴島に来てから初めて、四人で一緒に帰ったんだ。

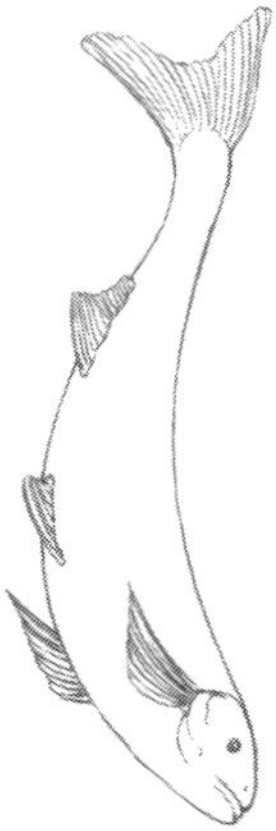

第3章　宝島

愛子《あいこ》が俺《おれ》たちの仲間になると、宝探しの計画はますます進み始めた。というか、俺以外の三人にとって愛子が仲間に「戻《もど》った」ってこと。知らなかったけど、愛子はボートの漕《こ》ぎ方を知ってるし、タブレットを持っていて潮の流れとか天気だってすぐに調べられる。めちゃくちゃ頼《たよ》りになるやつなんだ。

俺たちは学校の行きも帰りも休み時間中も、放課後は島の浜《はま》にある子供たちの秘密小屋に集まって、夏休みに向けての作戦会議を繰《く》り返した。その間も、スーツの人たちや作業服を着た人たちが、大きな車で山に入っていったりするのを見ていた。

そしてある日、俺たちが学校から帰ってくると――フェリーから降りてすぐの場所に、大きな看板が立てられているのを見つけてしまった。

「あっ!」

「鈴鳴《すずなり》エメラルド・リゾート開発予定地　二〇二〇年グランド・オープン予定」

今朝、学校に行く時は絶対にこんなものなかった。看板の前には大人たちが集まって、人垣《ひとがき》が出来ている。

「行こう!」

「ああ!」

急いでフェリーから降りて、俺たちは看板の方へと走っていった。近づいてみると、スーツを着た人たちが三人、島の人たちに取り囲まれていた——その中には、学《まなぶ》の父さんもいる。

「なんなん、これ！」

「ふざけるな、誰《だれ》が許可したん！」

「ですから、住民説明会を開きますから——ちょっと、落ち着いてください」

「まだウチらは、納得しとらんぞ！」

「いえ、もう決定事項《じこう》ですし——ご納得いただいてると、そうこちらは判断してますので。個々のご契約《けいやく》に関してのご説明はですね、来週またお集まりいただきまして、させていただきますから」

スーツの人たちはそう言うと、島の人たちを押《お》しのけるようにして、横に停められていた黒い車に乗り込《こ》み、そのまま東の浜へ続く道を走っていってしまった。

「なんなん、アイツら！」

「今さら、なんなん。もう決まったことやし」

「ああ？　お前、何を！　故郷を売って、恥《は》ずかしくないんか！」

「ああ、なんて？　人聞きの悪かろが！」

看板の前にいたおじさん二人が、お互《たが》いの服をつかんで怒鳴《どな》りあい、相手をにらみつける。二人とも漁師さんだろうか、顔は真っ黒に日焼けしていて、身体《からだ》が大きくてがっちりしている。このままじゃ殴《なぐ》りあいになるんじゃないかと想って、怖《こわ》くて俺はぎゅっと目を閉じた——そしたら、また別のおじさんの声がのんびり響《ひび》いてきたんだ。

「ちょっと、何しとん。仲間割れしても、しゃーないやろ」

どっかで、聞いたことのあるような声。

「父ちゃん！」

学が叫《さけ》んで、パッと飛び出しておじさんの後ろに隠《かく》れた。学のお父さん、お寺のお坊《ぼう》さんをしている。でも普通《ふつう》のおじさんだ——お坊さんの服っていうか、着物をいつも着てるわけじゃない。紺《こん》色のポロシャツにチノパンをはいて、よくスクーターに乗っているところを見る。

「子供の前やけん、控《ひか》えてくれんか」

おじさんの声は、どこまでも落ち着いていた。でも、まっすぐ相手に切り込むみたいに強い声だったから、ケンカしかけていたおじさんたちも黙《だま》って、看板の前から人々は解散していったんだ。

いつもの秘密小屋に行っても、なんとなくさっき見た光景が忘れられなくて、みんな落ち着かなかった。エメラルド・リゾートのこと、この先どうなるのかってこと——宝探しの話をどうしてもする気になれなくて、俺たちはただ、お喋《しゃべ》りすることにした。

にじんできた涙をこぼさないように、楓《かえで》は途中《とちゅう》で上を向いて、話し出した。

「……蒼太《そうた》兄ちゃんの一番の相棒は、龍一《りゅういち》兄ちゃんやった。だから龍一兄ちゃんが、あんな怒《おこ》っとるのは……」

「そうや」

愛子も泣きそうな顔をしながら、楓の言葉にうなずきながら、言った。

「——分かってる。蒼太兄ちゃんが、自分を置いてったことや……ほやな、ウチにも、ずっと——アンタらとは仲良うしたらいかん、言って。でも、勘違《かんちが》いせんで。ウチがアンタらを避《さ》けとったんは、兄ちゃんの言うことききいとったんとは、違うけん。ウチは、兄ちゃんが一人になるのが、可哀想《かわいそう》っていうか、なんか嫌《いや》で……」

ずっと黙ったままだった学が、そこでやっと口を開いた。

「龍一兄ちゃん、泳ぐのうまいけん……」

「え？」

俺が聞き返すと、愛子が言葉を振《ふ》り絞《しぼ》るように、でもずっと底にあった気持ちを一気に吐《は》き出すような感じで、言った。

「蒼太兄ちゃん、いつも言っとったし。龍一の泳ぎはオリンピック級や、金メダル取って鈴鳴島《すずなりじま》に戻ってくるやつや、て……。兄ちゃん、本気で水泳やっとったけん。だから、一緒《いっしょ》につれていかんかったんやと想う。あの夏は、東京のクラブから強化合宿にも誘《さそ》われとったし、何かあって、もし戻れんかったら……合宿も、オリンピックも、行けんし……」

「それに、ウチらも……小さすぎて、一緒には、行けんかった」

楓が愛子の代わりに、言葉を続けた。

三人とも、すごく苦しそうな顔をしていた。まるで、三人とも同時に心臓に針を刺《さ》されたみたいだった。その痛さは、俺には実際には分からない。だって、その場にはいなかったし、蒼太さんのことも知らないんだ。だけど、三人を見てるだけで——俺もなんだか苦しくなったんだ。

「龍一兄ちゃん、知らんかった。蒼太兄ちゃんが、本当に宝探しに行くこと。もし知ってたら、何があっても、絶対、一緒に行っとった」

学がつぶやいた。

「蒼太兄ちゃん、言ってた。子供がな、ウチらしかおらん。みんな、じいちゃんばあちゃんばっかりやて。みんなが年寄りになったら、暮らしていくの、めっちゃ大変なるて。だから、じいちゃんばあちゃんが安心して暮らせて、もっと人が増えて、子供も増えて、そんな島に生まれ変わらせるんやって。それで――外国の大学とか行って、たくさん勉強してくるんだって……それなのに、故郷がエメラルド・リゾートになるのなんか、嫌やって。みんなを追い出そうとする計画なんて、絶対に止めないかんって。でも、大人は誰も、分かっとらん。蒼太兄ちゃん、みんなのために一生懸命《いっしょうけんめい》やのに、いかんって、やめさせようとして……宝探しも、考えるのもいかんって、大人は何も聞いてくれなくて」

だから、やるんだ。

「エメラルドのやつらになんか、負けるか！」

俺たちだけで、子供の力だけでも。独りじゃない、力を合わせたらきっと、何か出来るはずだ。もう、「行かない」を選ぶ道はない。でも、宝探しのことを本気で考えれば考えるほど、みんなには言えない不安が心の中で大きくなっていた。だって実際にさ、宝探しに出かけた中学生――蒼太さん、この島に戻ってきてないんだから。

不思議だった。看板を見てしまったあとで心に生まれた「あきらめ」は、蒼太さんの話をしたら、すっかり吹《ふ》き飛んでいた。

俺は会ったことがないけど、この島には勇気ある中学生が住んでた。大人に負けないで、たった一人で宝探しに行った子供。そのことを想うだけで、なんだか力が湧《わ》いてくる。それはきっと、他の三人も同じだろうし、俺よりもっと強く感じているんだろうな。

「やっぱり、地図に書いてあるこの文字、残りも全部解読せんとなぁ。意味が分からん」

いつの間にか熱心に地図を見ていた学が、メガネを引き上げながら言った。

「おそらくこれは、宝の位置を指すヒントなんよ。この暗号が解けた者だけが宝にたどり着くことができるんよ！　宇治原《うじはら》先生に頼《たの》もう！　宇治原先生はああ見えて京大卒や。この前は、よう分からんて言うとったけど、ちょっと時間かけたら、こんなもん読めるのと違う？」

「そうやな！　学！」

「それじゃ……」

楓が、何かを確かめるように俺たちの顔を順ぐりに見つめていく。俺も、目をそらさないでじっと楓を見つめ返す。だってつまり、それって——。

「いよいよ、近づいてきたな！　頼むで、先生！」

雨ばかりの季節の、久し振りの金色の夕暮れの中、楓はずっと海の向こう、いよいよ近づいてきた宝島の方を見ている。湿《しめ》った潮風が顔に吹き付けられて、気持ちがいい。放課後の俺たちは宇治原先生を探して、校舎の二階にある社会科資料室に入っていく。

「セーンセ！　あ、おったぁ」

「おっ、学。今日もエラい元気やな。」

先生は机に座って、パソコンに向かって作業していた。

「よし、休憩《きゅうけい》しよかな。じゃあそっちの椅子《いす》持ってきて座り」

部屋の角に重ねられている椅子を持ってくると、資料室の扉《とびら》を閉め、真ん中に先生を取り囲むようにして、椅子に座った。先生はニコニコして、俺たち四人を見つめている。

「鈴鳴パイレーツ、全員集合やな」

熱心に宝探しの計画を立てているのを見ているから、先生は俺たちにヘンなあだ名を付けて呼ぶようになった。それが、「鈴鳴パイレーツ」っていうやつ。パイレーツってなんのこと？　って先生に聞いたら、英語で「海賊《かいぞく》」って意味なんだって。俺たちと愛子が一緒にいることを喜んでいるのは先生だけじゃない、他の島のみんなも、鈴鳴のやつらが仲直りしたって言って、良かったなって言ってくれてるんだ。

「で？　宝探しはどんな？」

学が腕組《うでぐ》みして、応える。

「まあまあやな。で、アレ、センセに頼んだやつ——」

「ほうほう、アレな――」

先生が学みたいにメガネを引き上げながら、ニヤっと笑った。それから床《ゆか》に置いた鞄《かばん》のジッパーを開け、紙を取り出して、机に広げた。

「わあ、センセ！　ありがと！」

「こんなに勉強したの、大学の卒業論文以来やな〜。古典の勉強したはずやったんやけど、まあいろいろと忘れてたわ。辞書やら昔の教科書やら引っ張り出して、やっと解読できた」

先生はボリボリ頭を掻《か》きながら、照れくさそうにメガネの奥で笑った。学が渡《わた》しておいたんだろう、コピーされたあの古い宝の地図に、ペンで書かれた文字が箇条《かじょう》書きで並んでいる。

「こいつは学の言う通り、どうやら、宝に到達《とうたつ》するまでの手順というか、ヒントが書かれてるみたいやな」

俺たち四人はうなずきながら、先生が指差したところをのぞき込んだ。

一、丑寅《うしとら》の方へ、白き海を進みゆくべし
二、闇《やみ》に飛び込みし者、我が財宝にたどり着かん

三、石の駒《こま》で蓋《ふた》をする、洞《どう》のもとなる石取りて、赤白南天《なんてん》開かれる
四、人と人が繋《つな》がれば、生きて帰れし闇の中

「おおーっ」

俺たちは、一斉《いっせい》に声をあげた。

「でも、なんのことやら、サッパリやな……」

愛子が、納得いかないって感じでつぶやく。こんな文字を解読できてすごいって想うけど、俺も、全然意味が分からない。楓も首をかしげ、学も目を閉じてうーん、と唸《うな》っている。

そんな俺たちを元気づけようとしてか、先生が明るい声で言った。

「まあ、なんや。宝ってのは、実際に行動して見つけるもんやろ。部屋の中でウンウン唸っとっても、全部の謎《なぞ》が解読できたって想っても、行動するまでは何も始まってないけん。なんでも同じことや。宝探しだけやのうて、なんでもやりたいことっていうのは、そんなもんよ。失敗しないように考えて気をつけても、頭で想ってるだけやと何も起きてないんと同じやろ。

夢があるなら、それを叶《かな》えたいなら、まずは一歩、踏《ふ》み出すことよ。全部間違いのない

ようになんて、そんなに欲張ったらいかんよ。失敗したら、そこから学べばええ。学んだら、それを次のことに活かすんよ。

何度でも、間違ったらいいんよ。でも、同じ間違いが起きるのを待ってるだけは、いかんで？　前回の失敗をちゃんと理解する。それが、学ぶってことやけん。あとは——あきらめたら、いかん。あきらめたら、そこで終わりになるけん。

自分がどうしてもゆずれんと想うこと、どうしても叶えたいと想うことは——時間がかかったとしても、待つことよ。前と違う方法であきらめずに続けていれば、絶対に自分の行きたい場所に行ける。

センセが、保証する。だけどお前ら、宝探しに行く時は、かならずセンセに言えよ。ええか？　たまにはむちゃもせんと何も始まらんけど、今出来ることと出来ないこと、ちゃんと考えな、いかんよ」

そう言ってから、先生はメガネの奥の目を糸みたいに細くして、にっこり笑った。


「よう聞いとってよ？　この先一か月の天候《てんこう》を調べてみたんやけど、海霧《うみぎり》が発生する可能性が高いのは、気温が高くて湿度《しつど》が高い日。つまり、天気が良くて空気が湿《しめ》っとったらな、海面近くで空気が冷やされて、それが霧になるんよ。ほしたら、だいたい一週間後の土曜日、この日がバッチリ条件にあっとるけん」

楓も学も、愛子のタブレットの、カレンダーの上に天気と湿度の予報データが載《の》ったページを熱心にのぞき込んで、ああでもない、こうでもないと言いあっている。

子供だけで、未来を変える——誰も見つけることの出来なかった宝の在《あ》り処《か》を突《つ》き止める。誰も信じてなかったことを、俺たち子供が証明してやるんだ。

「今週末は子供だけで、浜辺でキャンプをする」

俺の母さんや楓の父さんたちには、そういう話にした。だって、宝探しに行くなんて言ったら、絶対に許してくれないから。

もちろん最初は、浜辺のキャンプだって大人たちもウンとは言わなかった。特に、楓の父さんは俺たちが宝探しに行くんじゃないかと疑ってるみたいで、何度も何度もお願いしなきゃいけなかった。

でもその場所が、愛子の家から階段を下りれば繋がっているあの浜で、造船所の裏だし、大人もあそこなら大丈夫《だいじょうぶ》だろうって話になった。大人たちは、愛子が俺たちと仲直りしたのを喜んでるみたいだ。

テントの建て方を教えてもらって、俺たちはいつもより、もっとはしゃいでいた。夜は大人たちも集まってその場でバーベキューして、みんなで肉とか野菜を焼いて、食べた。俺たちはなるべく、たくさんご飯を食べるように頑張《がんば》った——だってさ、疑われたらまずいからね。

地図の言う通りに進めば、「闇」ってやつが何か分かるのか？　そこに入れば宝は見つかるのか？　それともずっとボートに乗ったままで、我慢《がまん》しなけりゃいけないのか？　それは地図を見ても、さっぱり分からないことだった。

バーベキューをしている間、龍一が家の中から、こっちを見てるのが分かった。

学が俺を肘《ひじ》でつついてくる。

「ホラ、窓に映った影《かげ》。チラチラ揺《ゆ》れて、動いとるやろ？　あの影、龍一兄ちゃんが、こっちを気にして見とんよ。来ればええのに」

それは愛子に聞こえたみたいで、愛子は一瞬《いっしゅん》痛そうな顔をしたけど、小さな声で言った。

「ええんよ、兄ちゃんにはきっと、もう少し時間が必要なんよ。それに、ウチらがこれからすることによっては、兄ちゃんの心、こじあけれるかもしれんし」

そう言って、ニッと笑った。

十分お腹いっぱい食べた俺たちは、決めていた通り、大人たちにお休みなさいを言ってテントに入った。それで寝袋《ねぶくろ》の中に潜《もぐ》り込み、寝《ね》たフリの開始だ。

寝袋の中は意外と快適だった。でも、じっとしてると心臓のドキドキが外に漏《も》れるんじゃないかと想うくらい、緊張《きんちょう》してる。

大人たちが浜から引き上げながら、「子供たちは寝たみたい」とか「お疲《つか》れさまです」とか言って、皿を片づけてる。低い笑い声とか、皿を片づける音とかが、聞こえてくる。

学の両親も、楓の両親も、愛子の父さんも、この島の人だ。だから小さい頃《ころ》からお互いのことを知っていて、「みっちゃん」「ようちゃん」なんて、ちゃん付けで呼びあってる。

この人たち、小さい頃からお互いを知ってるんだなって想ったら、なんか不思議な感じがした。母さんも、なんか今日は楽しそうにしてたから俺は安心した。

その夜は、すごく静かだった。満月の夜、土曜日。大人たちは帰っていった。今日は嵐《あらし》の心配もないし、この小さな浜に下りるには、愛子の家の庭を横切らないと無理だ。

愛子んちの表の入口には、誰か知らない人が入ってきたらすぐに分かるような、センサーが仕掛《しか》けられている。だからテントで寝ている俺たちも、大丈夫なんだってさ。

海はまるで鏡みたいに、月の浮かんだ空を映している。

しばらくして寝たフリをやめた俺は、テントの前を開けて海を眺《なが》めていた。

大人たちには内緒《ないしょ》で、岩陰《いわかげ》にボートを隠《かく》しておいたこと。バックパックの中には、小さなコンロとマグカップと、懐中《かいちゅう》電灯を入れてあること。今日こそが、宝探しに相応《ふさわ》しい夜なこと。

全部、準備していたんだ。

「海霧、出てきたな」

楓の声がした。

突然《とつぜん》、何もなく空を映していたはずの海の上で、白いモヤがたくさん出現していた。あの夜と同じだ――。まるで、夢の中の世界みたいに、もう何もかもハッキリしなくなっている。

「うわ……」

なんだか、あの霧の間から――消えたはずのボートが、今にもゆっくりとこちらへ向かってきそうな気もする。

突然怖くなった俺は、学の方を振り返った。学は海から目線を外し、不安そうな声で、俺に言った。

「『白き海を進みゆくべし』。これで、地図の通りや。けど——、冬樹《ふゆき》、ボクもうイッコ、めっちゃ怖い言い伝え、想い出してしもた」

——今日みたいな満月の日、突然霧《きり》が出てきたら絶対に陸に戻らなきゃいけない。そうしないと霧の合間から、外国へ修行に行くと言って旅立ったけれど航海に失敗して死んだお坊さんが、幽霊《ゆうれい》になって現れる。

「ま、じ、で……」

ひんやり、肌寒《はだざむ》いような気がしてきた。夏の夜だし、そんなはずないのに。月の青い光が、白い霧の塊《かたまり》を照らす。

「こんな夜に出ていったら、みんな、すごい心配する」

学が怯《おび》えた声で言うと、愛子が答えた。

「でもな、今日だけなんよ。この霧。行けるけん。こんくらいの霧なら、前に進めるけん」

すげえ、と想った。愛子、怖くないのかな。

「それに——」

「ん?」

「これを逃したら、もう多分、次はないけん」

でも愛子に答える楓の声は、想ったよりも小さかった。

「うん」

愛子はもう、ボートを押している。学も、大事なものをジッパー付きのビニール袋に入れて、水びたしにならないよう準備を始めた。

「よっしゃ、行くで。さあ、沖《おき》まで、漕いでいこう」

全員がライフジャケットを着て位置についたのを確認すると、愛子はかけ声を始めた。

「せーの」

「せーの」

波がほとんどないせいか、オールを動かすとボートは水面《みなも》を滑《すべ》るように、スーッと沖へと進んでいく。霧が濃《こ》すぎて、すぐに俺たちが寝ているはずのテントが、全然見えなくなる。

だから、その時に浜辺で龍一が小さなライトを振り回していたことなんて、俺たちには全然分からなかったんだ。

「さあ。学、GPS《ジーピーエス》で位置、確認お願い」

海の上は、霧で前が全然見えない。ちゃぷん、ちゃぷんというボートと水が作り出す音以外は、すごく静かだ。

「コレ……結構ヤバいんやないか」

ボートの上で俺の後ろにいる学が、不安そうな硬《かた》い声を出す。

「なんなん、今さら。怖がっとんか！」

愛子が、学をからかうように言った。

「そら、怖いのあたりまえやんかー」

いつものふざけた感じで、学が言った。

「はは、エラい素直やん、今日は！」

愛子も、本当は怖いのかもしれない。だから、わざと明るく、強そうに振《ふ》る舞《ま》っているのかもしれない。どうしてそう想ったかというと、すぐあとに愛子がこう言ったからだ。

「ウチら子供やで。怖いのなんか、あたりまえやし」

そうなんだ。

俺たち、まだ子供だしさ、夜は怖い、心細いよ。

亡霊《ぼうれい》にだって、会いたくない。島がたくさんあるから陸地はいろんなところにあるって分かってるけど——夜の海って、すごく怖いんだ。

俺たちは、なんとなく黙ってしまった。

目的地は、分かってる。愛子の家の浜からだと、まっすぐ北東へと進む。そうすると一番はじめに出合うのが、あの無人島。誰も住んでいない小さな島だけど、楓たちは上陸したことあるって。そこは昔、村上水軍《むらかみすいぐん》のお城があった島なんだそうだ。今は桜がたくさん植えられていて、満開の季節だけは船が出て、そこでお花見するんだって。その島だ。そこにどうやら、宝がありそうなんだ。でも、問題はまだ残ってる。闇に飛び込みし者、我が財宝にたどり着かん——闇ってなんだよ。

「なんや、変な音がする！」

愛子と学が、ほとんど同時に叫んだ。

ホウー、ホホウーーー、ホウー……。

聞いたことのない、不気味な唸り声のようなものが、白い霧のどこからか響いてくる。

「な、なんだ？　あの音」

「笛？　みたいな音やな……」

「鳥？」

「さあ！　このまま真っすぐ進めば、無人島の船着き場に到着《とうちゃく》するけん。渦《うず》が激しくなる時間やと、近づけんくなる。今やないと、いかん。もう少しやけん、みんな頑張ろ！」

愛子が声を張り上げ、ボートがさらにスピードアップする。まるで俺たち、本当の海賊みたいだ。さっきの変な音のことなんか忘れて、俺たちの気分は上がっていった。

もう少しだ、もう島に届く。

俺たちの夢が、いつも休み時間や秘密小屋で話しあっていた冒険《ぼうけん》が、どんどん本当のことになっていく。

今の俺はもう、父さんや母さんのことはすっかり考えなくなっていた。どんなに心配するだろうとか、もし何かあったらどうしようとか、誰かケガしたらとか、そんなこと、全部が全部、心配事は全部、心の表面から消えていたんだ。

もちろん怖いことは、実際にあるかもしれない。

それは、分からない。

でも、もう心配や悲しいことなんて、考えるヒマはない。だって今は、これまでずっと夢見てきた、冒険の時間なんだ。

仲間たちと、一歩先だって何があるのか分からないような、不思議の世界に入っていく。ただ少しのヒントだけを、頼りにして。そのヒントだって、蒼太さんやご先祖さまっていう、会ったことのない仲間たちが残してくれた、大事なプレゼントなんだ。みんなが繋がって、みんなが協力して、俺たちが今ここにいる。

絶対に、宝を見つけてやる。何があっても、あきらめないぞ。

「冬樹《ふゆき》、降りるで。ボートを括《くく》っておこう、手伝って」

いつの間にか、愛子の呼び方が「冬樹クン」から「冬樹」になっていた。

「学クン、気をつけて降り。ライト、ほら足元照らしてや」

その代わり、「学」が「学クン」になっていた。そういえば最近、みんなで集まってる時、学がメガネを押さえながら夢中で話し出すと、「学クン、めっちゃ賢《かしこ》い。一番蒼太兄ちゃんに似てるかもなあ～」とか言って、愛子がニコニコ笑ってるんだ。この前までは、すげえ愛想《あいそ》悪かったのに。

「何をニヤニヤしとん？　はよロープ繋いでや！」

愛子に怒鳴られた。まったく、子分扱《あつか》いなんだ。でも愛子はテキパキして、自分の仕事をきちんとこなすタイプだから、頼りになるんだよ。

「この、島だよな」

「ほうやな、この船着き場の反対側に、地図にはグルグルマークが描《か》かれとったけん。あれ、大渦潮《おおうずしお》やろ」

「潮、なあ。でも、この島の周りには渦潮はいくつもあるで。どれのことやろ」

この島には水軍が作ったという、犬走《いぬばし》りっていう島をぐるりと一周できる道がある。そこを伝って俺たちは、島の反対側へと向かう。みんなそれぞれ懐中《かいちゅう》電灯を持って、楓が先を歩き、学が次に続き、愛子、俺の順番で歩いていく。でも今日は満月で――辺りはずいぶん明るい。崖《がけ》の周りに、本当に人が一人通れるくらいの道がある。足を滑らせて落ちたら、海の中だ。月が明るいとはいえ、夜の海は真っ暗で、その深さが分からない――岩場ばっかりらしいから、ケガするかもしれない。

「あ、あそこの浜！」

「あれや、基地にしよ」

知らないうちに、島の周囲では霧がすっかり晴れていた。でも遠くの方は白っぽく見えるから、まだ霧が残ってるんだろう。

見上げると、満月と星空が見えた。

「せっかくコンロも持ってきたことだしさ、お茶飲もう」

手のひらサイズのガスコンロと、鍋《なべ》とカップ、水筒《すいとう》の水。それに紅茶のティーバッグ。昨日から準備して、自分のバックパックに入れてきていた。いろんなことが起きてる日こそ、ちょっと休憩することが大切。誰かが、そう言ってた。真剣《しんけん》に何かをやる時こそ、深呼吸して落ち着いて、周りを見回してみることが大切なんだって。

俺たちは月明かりの中、ようやく砂浜に腰《こし》を下ろした。

「今、何時くらい？」

学に聞いてみる。三人とも、さっきよりもずいぶんと落ち着いたみたいだ。

「ああ、えっと、一時やね」

想わず、みんなで顔を見合わせてしまう。こんなに遅くまで起きていたのって、初めてかもしれない。

「お正月んときくらいかなあ、次の日まで起きとるのって」

「でもお参り行って、帰って寝るやろ」

「ほうやね」

「祭りんときは、早起きやしなあ」

「ああ、冬樹はまだ知らんか。とうど祭り、ってな、めちゃくちゃでっかい『とうど』っていう竹を組んだものを燃やす祭りがあるんよ。すんごい迫力やで、見てるとめっちゃ顔火傷《やけど》しそうになるし！　二階建ての家くらいの高さがあるやつを、燃やすんよ。毎年一月に」

砂浜の上、小さな懐中電灯の光が届くのは、ほんのわずかだ。お互いの顔も、どんな表情をしているのか、はっきりとは分からない。

鍋の中で水がふつふつと泡《あわ》立ち、煮立《にた》ってきた。

「これ、紅茶？」

「うん。カップが二個しかないから、二人で一つずつ飲もう」

「美味《おい》し！」

「ほんと、美味しい。紅茶って普段《ふだん》あんま飲まんけど、ええな」

「ボク、紅茶めっちゃ好きや」

学がニコニコして言うと、愛子も嬉《うれ》しそうにうなずいた。

「学クンも？　ウチも、めっちゃ好きなんよ」

みんなでこうして火を囲んでいると、まるで、ただキャンプに来ているだけのような感じにも想えてくる。

さっき、あんなに怖がってたのが――まるでウソみたいだ。

「あー、な～んか、ハラ減ったな！」

「学、アンタあんなにバーベキュー食べとったやん。肉や！　言うて」

「だって、愛子んちのバーベキューめっちゃウマいもん」

「いかんいかん、想い出したらハラ減るやろ！」

「でも、大潮が見えるって――全然、潮なんてないよな？　なあ、朝が来るまでに俺たち、謎を解けるかな」

つい、心で想ったことを口に出してしまってた。

全然関係のない話をして笑ってた愛子と学が、ぴたっと話すのをやめて、静かになった。

俺たちは自然と、楓の方を見ていた。

「大丈夫やけん。今夜きっと、謎が解ける。言い伝えのことも、それで分かるはずやけん」

楓の声は、少しだけ硬かった。

「とにかく、渦や。それから赤と白の、南天も――かならず、見つかる」

いつの間にか、俺は眠ってしまっていたみたいだ。

鳥の声で目が覚めた。高い、すんだ声。夜はずいぶん、薄《うす》くなっていた。

「なあ冬樹、そろそろ行こうや」

すぐ近くで、楓の声が小さく響く。顔をあげると、愛子も学も起きていて、俺を見ていた。ごうごうと、水が高い場所から落ちる大きな音がする。この島、滝《たき》があるのかな。俺は一昨年《おととし》の夏に家族旅行で行った、長野県の大きな滝のことを想い出していた。あの時も、こんな音がしてたんだ。

「滝？　この島、滝があるのか」

「いや――ないやろ」

「ウソだ、なんか水が落っこちる音。あれ、ゴーッて鳴ってるやつ、滝だよ」

楓は、俺の目をじっと見つめた。

「冬樹、あれはな、潮の音よ」

「えっ！」

俺たちが住んでいる瀬戸内海《せとないかい》には「潮流《ちょうりゅう》」っていうものがある。海の底が岩だらけでボコボコしていると、水がそこにぶつかって勢い良く流れる。そうすると、ある場所だけはすごい速さの流れが生まれたりして、ほとんどの場所はすごく静かで、まるで湖みたいな海だっていうのに、大きくて激しいものだとボートをひっくり返すくらいの力があったりする。前に、愛子に教えてもらったのは、一日の時間帯によって、海の高さっていうのは変化するんだって――でさ、その潮流も、時間と水の量によって出来たり、出来なかったりするんだって。アイツらのご先祖さま、水軍の人たちは、この潮流がどこにいつ出来るかを知りつくしてたんだって。だから、この辺に詳《くわ》しくない俺みたいなやつが来たら――仲間なら潮を避《さ》けて船を通してくれただろうけど、仲間じゃなかったら、案内料をとる。それを拒《こば》んだら、襲《おそ》われたって文句は言えない。

「楓！」

「冬樹ぃ！」

背中の方から、愛子と学の声が聞こえる。

「おーい！」

俺は手を振り上げて、学と愛子に呼びかける。あの二人が、こっちに向かって走ってくる。

「あれはヤバいで、楓！　冬樹！　はよ見て！」

「なんなん、あれ！」

俺が寝ている間に、二人はキャンプを離れて闇の手がかりを探しに、偵察《ていさつ》に行っていたらしい。俺たちが立ち上がって追いかけるのを確認すると、また浜の端《はし》へと駆《か》け出していく。そういえば、俺たちがボートを停めた船着き場とは反対側の方だ、あっちは。さっき少し見たけど、岩ばかりで、何もなさそうだった。

「はよ、こっちこっち！」

急《せ》かされるように、俺と楓は二人を追いかけて走り出すしかなかった。一体、何があるんだろう。なんかまだ、寝ぼけてるような感じ。それか、本当に宝探しに来たっていうのが——まだ全然実感できてないかもしれない。浜の端からは、またごつごつした岩場が始まっている。気をつけないと、足を取られて転んでしまいそうだ。それでも俺は、走りながら水音に近づいていっていることに気付いていた。

イヤな予感がする。

そして次の瞬間には、眠気《ねむけ》なんてたちまち吹き飛んでしまった——もうだいぶ目が慣れていたし、月の明かりのせいでそれほど暗くなかった。

海の中に、大きな目玉が、あったんだ。

岩場の奥《おく》は、島の先っぽの部分だった。ギリギリ、ジャンプしたら届くかもって近さ、ボートが一艘《そう》通れるかどうかって距離に、この島よりもっと小さな、俺たち四人が上陸したら満員になってしまうくらいの大きさの島がある。その島と、俺たちのいる島の間に——黒い水に浮《う》かぶ白い大きな目玉、荒《あ》れ狂《くる》った水がグルグルと渦巻き、勢い良くしぶきを飛び散らせている。あれだ、このごうごう響く滝みたいな音の原因は！

楓も俺の横で、ただ黙って渦巻きを見つめている。その渦は、周りの霧を吸い込んでいくようにも見えて——まるで白いオバケを食べる目玉のモンスターって感じ——こんなの見たの、初めてだ。

「こんなん、見たことないで！」

学が叫ぶと、愛子も青ざめた顔で言った。

「見て！　潮の下、なんか光ってる……！」

まず俺は、深呼吸した。怖がるな、まだ、何も決まってない。でも、地図に書いてあった文字、あれの意味が、頭の中にチラつく。第二のヒント、あれだよ「闇に飛び込みし者、我が財宝にたどり着かん」——もしかして——俺たち、あそこに飛び込むの？

「楓、想像以上にでかい渦潮だぞ」

俺がそう言うと、楓は一瞬だけ困ったような顔をした。でも、すぐにいつもの強い光を目に取り戻したんだ。

「闇に飛び込みし者、我が財宝にたどり着かん」

マジで、言ってるのかよ！

「あの大渦潮めがけて、飛び込む」

楓が、本気で言ってるのは分かった。学と愛子も、驚いた顔で楓と大渦潮を交互《こうご》に見ている。

「なあ、みんな。宝のこと、本気で信じてるよな」

ここまで来てあきらめたくない、もちろん俺だってそんな気持ちだった。でも、次に愛子がつぶやいた言葉に、俺の心の中は怖い気持ちでいっぱいなことに気付いてしまった。

「……出来んことやって、いっぱいあるやろ」

何も言えなかった。だって、あそこめがけて飛び降りるなんて——大人だって怖いと想うはずだ。でも、子供だから何も出来ないっていう気持ちは——もう嫌なんだ。だってずっと俺は、子供なんて何も出来ない、って想ってたから。

学がだらりと両手を下げて、力なく言った。

「ボクな、やっぱ怖いんかもしれん」

それは、そうだろう。俺だってそうだ。消えた中学生のことを想い出した。もしかして、俺たち全員ここで行方《ゆくえ》不明になってしまったら——そんなことを考え出したら余計に足がすくんで、飛び込むことが出来なくなってしまう。でも、なんかこのままじゃダメだって想った。だから言ったんだ。

「俺さ。水泳、習ってたんだ」

「え？」

三人が、いきなり何を言い出した？　って感じで聞き返す。

「うん。まあ、楓たちみたいに、海でたくさん泳いだことはないけどさ」

「あ、確かに、フォームがキレイやもんなあ、冬樹」

学がちょっと元気を取り戻した感じで、言った。

水泳を習っていたからって、大渦潮の中に飛び込んでも無事という保証はまったくない。それに、二週間に一度しかレッスンには行ってなかった。海に囲まれた場所で育ったコイツらと比べたら、全然泳げない方なのかもしれない。でも、なんとか、みんなを安心させたかったんだ。だから言った。

「俺、先に飛び込むよ。まず俺が行ってみて、それからみんな来てくれ」

「えっ？　冬樹！」

「何、言うとん！」

岩場の先端に立って、渦を見る。ごうごうと無気味な音が響き、勢いはまったくやむ様子がない。地図が本当だとしたら、あそこに飛び込んでも大丈夫なはずだ。今すぐにでも、飛び込まなきゃいけない。だって、何をしようとしているのかを考えたら、あのごうごうと音を立てるものが何かを考えたら、もう何も出来ないくらいに怖くなってしまう。

さっきからずっと俺の横で岩の端に立って潮を見ていた楓が突然、叫んだ。

「冬樹！　ごめん！」

俺はなんのことだか分からなくて、一瞬身体が固まってしまった。

「え、何――」

「ウチ、行く！」

そう言いながら楓は、後ろに下がって助走をつけ、もう走り始めていた。そして崖の上から、まるでゴールするみたいに両手を広げ、一気に飛んだ。

「楓ぇ！」

誰かが落ちた時のバシャンという水音は聞こえなかった、渦が立てる音に掻き消されたのかも。

楓！

俺の頭は固まって、今から何をすべきなのかまったく分からない。ちゃんと考えることなんて無理だった。ただ俺の身体は勝手に動いていた。そうだ、寝たりしていても、俺の心臓はその間も動いているし、身体はちゃんと、何をするべきなのか分かっている。

だから、俺は走り出していた。

走っている身体、足の裏から伝わる岩場のごつごつした感触、全部が全部、ゆっくりとスローモーションに感じられる。

「楓！　俺も行くぞぉ！」

プールの飛び込みみたいに、両手をまっすぐ伸《の》ばして飛び込むことはできなかった——空中で足を掻いてたけど、ただそこから落ちるみたいに崖からジャンプする。

飛び込んだ瞬間から、俺は渦に巻き込まれるのを覚悟していた。

「うわあああああー！」

俺は、真っ暗な闇の中に落ちていった。

「冬樹！」

誰かが、俺を呼ぶ声がする。

「冬樹、起きて！」

女の子の、声だ——聞き覚えがある。

「ふ、ゆ、き！」

頬《ほお》に、パチンと軽い衝撃《しょうげき》が走った。誰だ——？

「楓！」

俺は一気に世界に戻ってきた。目を開けて声の主を探すと、目の前に楓がいた。あれ？

俺、今水の中にいない。

「ほら見て、ここ」

楓の姿が見えている。弱いけれど、光がある。

「ここ、どこだ」

建物の中だろうか、ごつごつした壁《かべ》と、天井《てんじょう》がある。天井の上からは明かりが漏れているから、窓みたいになっているのかな。

「ここ、多分な、島の、中にある洞穴《ほらあな》よ」

洞穴？

「そんなの、あるの？」

「誰も、知らんと想う。あの渦に飛び込んだら、うまいこと水に乗って、スライダーみたくここへ運ばれるんよ！」

楓の静かな声が、洞窟《どうくつ》の中で反響《はんきょう》する。

「入口、水の中にしかないのかな――」

「あの、天井の穴、あるやろ」

楓は天井を指差した。

「あっこも、高すぎて――一体何メートルくらいあるんやろか」

すごく、不思議な場所だった。自然に出来た場所ではないみたいで、足元に四角く切った石が並べられている。

「ゴホッ！　うう、水、飲んでしもた」

「めっちゃ、すごいなここ」

振り向くと、愛子と学もちゃんと来ていた。やった！　俺たちは右手を上げて、ぱちんと手のひらを合わせた。

「ヤバいな！　ここが宝の隠し場所や！」

「こんなとこ、絶対に分からんよな！」

「あとから、人工的に石が切り出されてるな。ご先祖さまたちが作ったんやろな」

学が心底感心したように言った。

興奮して、洞穴の中を歩きまわる。多分だけど、元は自然の洞窟だったのか、壁はごつごつ張り出している。ここは、海賊が作った秘密の場所なのか。

「あ！　見て、あそこ――」

愛子が何かを指差した。見てみると、明かりを取るためだろうか、天井に開けられた穴から光が射している辺り――ごつごつした岩が重なりあった部分だ。

「なんだよ？」

「ホラ！　あそこ――見て！　なんか、描いとるけん！」

もっと目をこらして見ると、岩の上に、かすかに赤い点と、白い点が描いてある。

「あれ！　あれや！　赤と白の――まあるい、南天の実ぃよ！」

楓と学が、大声で叫んだ。

大きな岩が二枚、重なりあうように立っている。その右下に、赤と白のしるしが付けられた、小さな穴が開いている。天井からの光は、ちょうどそのしるしが見えるような角度で届いているみたいで、弱いけれどスポットライトに当たっているように、ちゃんと色も見分けられた。

「すごい――これ、ちゃんと角度の計算してあるんやな。カメラ、あったらなあ」

「そんなことより学！　地図、なんて書いてある！」

楓が叫ぶと、学は急いでノートを広げ、宇治原先生が書いてくれた地図のメモを読み上げる。

「石の駒で、蓋をする――、洞のもとなる石取りて！」

「よっしゃ！」

「もとなる石て、なんなん」

「知らんし！」

そう言いながら楓は、いきなり穴の中に手を突っ込んだ。

「あ、なんか――この石、外れるかも」

「え？」

「ここだけ、出っ張ってる！　引き抜《ぬ》けるかな」

ズズズ………ズン！

楓が穴から手を引き抜くか、引き抜かないかって時だった。俺たちの目の前にあった大きな岩が、ガラガラ、ドーン！　と、雷《かみなり》のような音を立てて崩《くず》れ出したんだ。

「うわ、ヤバい！」

「逃げろ！」

間一髪《かんいっぱつ》のところで、誰も岩の下敷きにはならなかった。といっても、あぶなかったんだ。

愛子が学の手を引かなければ、学が逃げ遅れてヤバいことになるとこだった。

「愛子、ありがとう」

「そんなん――かまんし」

照れたのか、愛子はそっけなく顔をそむけた。

「それより、あれ、あれ！」

「あ！」

「み、道？」

崩れた壁の向こうには、また別の暗闇が広がっていた。楓が、洞窟の壁にぽっかり開いた黒い穴を指差している。岩が崩れた裏は空洞《くうどう》になっていたのか、向こう側に行けるみたいだ。

「あそこ？」

「暗くて、よう分からん……」

楓は勢い良く崩れた岩に飛び乗り、第二の穴の脇《わき》を指差した。

「よく見て！　これ、ウチの、村上家の家紋《かもん》やん！　丸の中に『上』。ウチの屋根に描《か》いとるやろ。家紋や。目印なんよ、絶対に！」

オオー！　と、俺たちは海賊みたいに、声をあげた。ここまで来たら本当に、俺たちは宝に近づいているんだ。絶対に、そうなんだ！

「中に入ってみよや！」

目を大きく見開いて、楓が言った。俺もだけど、ドキドキしてるんだ。

「おう！」

「ライト、持っとるな！」

学が腰のベルトに繋げている懐中電灯のスイッチをオンにすると、その場所がどうなっているのか、中の様子をうかがえるようになった。大きさは、よく分からない。奥は光が届かなくて真っ暗で、よく見えない。俺たちは、岩から足を滑らせないように慎重に、一人ずつその中へと入っていった。

その場所は、とても不思議だった。天井からは水滴《すいてき》みたいに、もこもこした角みたいな石が垂れ下がっている。一応、こっちの部屋も何か所か天井に穴が開けられているみたいで、光が射し込んでいる。なんか地球じゃないみたいな——壁際には、すんだ水が溜《た》まった小さなプールが、いくつも並んでいる。

「なんだ、ここ！　宇宙人の部屋か？」

「これ、鍾乳洞《しょうにゅうどう》よ。天然に出来た洞窟。何年もかけて石が育って、あんなふうな、角みたいになるんよ」

「ああ！」

その不思議な部屋は、どこまでも続いている感じだった。島の中なのか、海の下なのか──よく分からないけど、全然部屋の隅《すみ》が見えなくて、怖いくらいだ。

「た……宝って、この中にあるのかな」

「探そうや！」

突然、怖くなった。俺たち、帰れなくなったらどうしよう。この広い場所を探すだけでも、俺たちだけじゃどのくらいかかるんだろう。本当に、このどこかに宝はあるのか？この先のヒントは、最後の「人と人が繋がれば」しかない。

「ここは──広すぎて、どこが出口なんや？」

穴の奥から、風が吹いてくる。

ホウー……ホホウー……ホウー。

「なんなん、気色悪い。あの音、さっきボートの上で聞いたやんな」

「ここから、聞こえとったんかな。やっぱり、ウチらは今、島の下におるんやろか」

風が吹いてるんだ、ずっと奥の向こう側から。風は無気味な音楽を奏《かな》でながら、俺たちを不安にさせていく。不安がどんどん広がって、身体の中から出てきてしまいそうだ。叫び出したくなる。

でも、みんなにそれを言うことは出来なかった。だって、アイツらも同じ気持ちだろうから。

その時だった。

「おい！　こっち、来てや！　こっち、部屋みたいになっとるけん！」

学の呼び声に応え、俺《おれ》たちは走っていった。水が染み出しているのか、地面はじっとり湿って場所によってはヌルヌルしている。でも、普段から磯《いそ》で遊んでいる俺たちには朝飯前だ。バランスを取って、油断しないで行けば大丈夫なんだ。

「あっ！」

そこだけは、突き出た角みたいな石も折られ、削《けず》られ――すべすべした表面に、またあのマークだ――丸の中に、上！　村上水軍のマーク！

そこだけは、小さなドーム状の部屋みたいに壁がくり抜かれている。そして――あれは、箱？　鉄の大きな鎖《くさり》でグルグル巻かれた箱が、平べったい石のテーブルの上に置かれている。

「あった！　あれや！」

学が叫んだ。

あれが、宝の箱！　小学校の低学年なら、身体を丸めて入ってしまえそうなほど大きな箱だった。鉄の鎖は錆《さ》びて、赤くなっている。

「これ――でも、どうやって運ぼう」

「ウチらだけじゃ、無理や」

俺たちは何度も顔を見合わせたけど、いいアイデアが全然浮かばない。しばらくみんな黙って考えていたけど、ついに愛子が言った。

「いったん、外に出てみんなに知らせよ！」

「ほうよ！　ここにあることは分かったけん、また来ればいい！」

学も、大きくうなずいて賛成した。確かに、このままここにいても、中身がなんなのかは分からない。あの鎖を外すには道具がいるだろうし――でも、もう見つけたんだ、俺たちの宝を！

「俺たち、大金持ちだ！　エメラルド・リゾートなんて、目じゃないぜ！」

さあ、帰ろう！　帰って大人たちに、子供たちの力を、見せつけてやろうぜ！

それで――どうやって、ここから出ればいいんだ？

どうなってんだ、ここは！

どうやって出ればいいんだ！

——このままだと、ここに閉じ込められる——頭の中で、グルグルと同じ言葉が流れて全然出ていこうとしない。何度も何度も、俺たちは壁伝いに手がかりを探した。でも、厚い岩で出来た壁ばかりで、本当に何もない。

鍾乳洞の中を進むと、もしかして外に出られるのかもしれない。真っ暗闇の奥から吹いてくる風は、どこか生暖かい気がして気味が悪い。風が吹いてるってことは、外と繋がってるはず、というのが学の意見だった。でも鍾乳洞の奥は真っ暗で、何も見えない。すごく広く見える——もし、出口がなかったら一生迷子になってしまいそうだ。

それとも、元来た部屋に何か、外へ出るヒントがあるかも？　それが楓の意見だった。

「元来た道を帰ったらええんよ。簡単なことやろ」

はじめの、南天のしるしがあった部屋の隅には、真っ暗な穴が一か所だけ開いていて、池みたいに水が溜まっている。ここから、俺たち入ってきたのか？

「アホか！　渦に入ってここにたどり着いたんやで。また入っても、こっちに戻るだけやろ！」

学が呆《あき》れたように言ったのに、楓は黒目を輝かせ、自信満々な強い声で応えた。

「学、今何時か分かる？」

「ん、分かるよ」

防水のデジタル腕時計《うでどけい》を付けた右腕を伸ばし、学が時間を楓に教えた。

「愛子、今やったら――渦は、ないやんな」

「あ！　ほうか！　楓、めっちゃ冴えとるな！」

「え、どういうこと？」

愛子の代わりに、楓が俺の質問に答えてくれた。

「冬樹、ウチらが島に着いた時――あの大渦潮はなかったやん。あれは、潮の高さや水の量で出来るものやけん。潮が引く時間なら、水が減って――渦の流れは変わるはずやし、あの穴がどんなふうになっとるか、分かるかもしれん」

楓が池を指差した。

「でも、もし――水が引かなかったら？」

俺がそう言うと、もうみんな黙ってしまった。ダメだ、もうこれ以上考えることは出来ない。

「……地図の最後の言葉。みんな、覚えとる？」

楓が言った。俺、愛子、学はそれぞれ一呼吸置いてから、自然に声を合わせて、あの言葉を唱える。

「人と人が繋がれば、生きて帰れし闇の中！」

楓が大きくうなずいてから、言った。

「みんなが一緒にいたら、絶対に大丈夫やけん。ウチを信じて」

学がハッと気付いたように、突然目を見開いて言った。

「ロープ、このロープでみんな、繋がっとこうや！　絶対に離れんように！」

学が背負っていた小さなバックパックを下ろし、開けた。さっきまでビショビショに濡《ぬ》れていたのに、半分くらい乾《かわ》いてきたみたいだった。中から、黄色と黒の細いロープを取り出す。

「これ、ナイロン製でめっちゃ頑丈《がんじょう》やから、絶対に切れないで。腕とかに巻くと、万が一泳ぐ時は邪魔《じゃま》やし、ちょっと余裕持たせて、みんなの腰んとこ、巻いとこ！」

絶対に離れないように、何があっても、お互いを絶対に助けることが出来るように。俺たちは念入りに、それぞれの腰にロープを巻きつける。そうしているうちに、暗い池の中からは、だんだんと水が減り始めていた。

「ああ！　水、見て！」

「やっぱり、ここ……入っていけそうやな」

俺たちには、何も実際に分かってることはない。でも、お互いが繋がっていさえすれば、絶対に大丈夫だっていうのも信じていた。みんながそれを声に出したわけじゃないけど——今、俺たちに残されているのは、第四のヒント。それに仲間を信じることだけだ。

「——下に、降りてみるか」

そう楓が言って、俺たちはお互いの顔を見合わせる。どきん、どきんと心臓の音が次第に大きくなってくる。

「もう少し待っとったら、底、見えそうやなあ」

池からは、もうずいぶんと水が引いて、横の岩が剥《む》き出しに見え出している。水がごうごうと音を立てながら流れて、川が出来ている。

「底に降りたら、何か仕掛けがあるかもしれん」

言われてみれば、そうかもしれない。こっち側の洞穴で、ただ一か所だけ見てないのが池の中だったからだ。学がライトで勢い良く流れる水を照らす。想ったより水はすんでいる——黒っぽい石が積まれた底が見えた。

「あの石、だいたい同じ大きさの四角やん。これ、人の手で重ねられとんやないん」

学の言葉に、俺たちはそれぞれが持っているライトで中を照らした。丸い、学校のビオトープくらいの大きさの穴。水が溜まっているから池だと思ってたけど――ほぼ同じ大きさの石が隙間《すきま》なく重ねられていて、俺たちが見ている場所の反対側には、階段みたいに大きさの違う石が段々に積まれている。その奥には、腰を屈《かが》めれば入れそうな大きさの穴がぽっかり開いていて――水が吸い込まれていってる。

「あの穴――あっこや！　あそこに、入ってみよう」

「ほうやな、あそこ――ちょっと降りて、みんなで見てみよう！」

学と愛子が、腕組《うでぐ》みして言った。あの穴の中に、またさらに穴。あの奥がどうなってるかは、ここからは分からない。ライトの光も上からは届かないからだ。

「降りてみよ！」

駆け出したかったけど、自分を抑えた。だって、俺たちはロープで繋がってるんだ。特に、水に濡れた石の上を歩くんだから、誰も転ばないように慎重《しんちょう》に行かないと。楓、俺、学、愛子の順で、俺たちは石の階段を下りて、お互いに声をかけながら池だった穴の底に降りていく。

「水、まだ溜まっとるから、足、取られんようにな」

「ゆっくり、行くで」

下に降りてみると、意外と穴が深かったことがよく分かる。下からライトを照らしても見えるのは、ドームみたいな洞穴の天井の、ボコボコした岩だけ。

それぞれのライトで、穴の壁を調べていく。水の高さはもう、くるぶしくらいまで下がっている。靴《くつ》に水が染み込んで、足が冷たい。それにさっき、どこかで左手の甲《こう》をちょっと切ってしまった。でも痛いなんて想わない——とにかく今は、それどころじゃないんだから。俺たちは滑らないように、スローモーションみたいに動いて、穴の中に姿を現した、もう一つの穴に近づいていった。

「あっ！　あのマーク、赤と、白の！　さっき洞窟にあったやつ！」

学が指差す方を見てみると、穴の上に、確かにあの赤い丸と白い丸が描かれていた。

「ここや、しるしがあるってことは、ここなんよ！」

「……！」

池は結構深くて、その石には手を伸ばしてみても、届かない。あれを見るには、誰かが水の中に入って調べてくるしか、なさそうだ。

「ウチ、潜ってみる！」

楓はすぐにでも飛び込もう、って勢いだった。けど、俺は反射的にアイツのシャツをつかんで止めた。

「俺が、行くよ！」

別に、男だからとか、楓が女だからとか、そういう理由じゃないんだ。理由なんか、ないよ。ただ、行かなきゃって想っただけさ。学と愛子はじっと俺を見つめて、それで、うなずいてくれた。

「冬樹、でも――ウチ」

つかんだシャツの向こうで、楓の身体が少し震えてるのが分かった。

「ロープ、もう少し長くして」

出来るだけ、静かな声で言った。みんなが怖くならないように、俺は出来るだけ頑張って、平気なフリをしたんだ。

もう、信じるしかない。やるしかない。

池の中の水は、そうしているうちにも勢い良く穴の中に流れていき、もうほとんど残っていない。

「滑るなあ。中、真っ暗やけど――大丈夫なんかな。暗ぁい、トンネルみたいやし」

学が不安そうにメガネを引き上げる。

「また、水ん中入るってなったら、メガネなくさないようにせんと」

「ほしたら、手ぇ貸して」

「ええて、愛子！　ボク大丈夫やけん」

愛子と学が話しているのを聞いていると、硬くなった身体がちょっとだけ緩《ゆる》んだ気がして、俺は笑った。横を見ると、楓も笑ってた。

「中、入ってみよ」

少なくとも、今は水が引いている——けど、いつ水がまた入ってくるか分からない。

「少し、急いだ方がいいかもな」

「タブレット、濡れてしもて動かんようになってしもた」

愛子が目を伏《ふ》せながら、少し弱い声を出した。確かにタブレットがあれば、今の時間や潮の時間が分かるから、役に立ったかもしれない。でも楓はバン！　と愛子の背中を叩《たた》いて、いつもの元気声で言ったんだ。

「大丈夫やって！　そんなんなくても、みんな一緒だったらかならず出られる！　ホラ、入るよ！」

俺たちはお互いが繋がれたロープを持ちながら、楓を先頭にしるしの付いた穴に入っていく。学と楓は普通に入れるみたいだけど、俺と愛子にはちょっと天井が狭《せま》くて、少しだけ屈んで入らないとダメだ。それに、人が一人通れるくらいの幅《はば》しかない。

「前、なんかある？」

先頭でライトを照らしながら進む楓に聞いてみる。

「ん、なんなん、このトンネル――行き止まり！」

「えっ！」

「なんなん！　しるしがあったのに！」

「どういうことなん！」

一瞬のうちに、俺たち全員の心が混乱した。だって、このトンネルを抜けたら――もちろん約束されたことじゃなかったけど、ここから出られると想ったんだ。いきなり、暗くて狭い場所に閉じ込められてるような気分になって――怖くてたまらなくなったんだ。

「みんな、落ち着き！」

楓が叫んだ。

「大丈夫やけん！　ここ、狭くて暗いけど――探して！　なんか仕掛けがあるんよ、絶対に！　絶対大丈夫やけん、今までも、ここまで来れたんやし！　落ち着いて、考えたら分かるけん！」

それはすごく、信じられないくらい安心できる声だったんだ。楓の想いが、それぞれの心に染み込んでくるのを感じていた。不安な時に、仲間に「大丈夫」って言ってもらえるのって、こんなに安心できることだったんだ！

だから俺も、声を張り上げた。

「よし、探そう！　みんな繋がってるんだ、狭いけど手を動かしてたら、なんかあるかも！」

愛子も声をあげた。

「ほうやな！　探そ！」

俺たちは身体を動かすことが出来ないけど、両手を動かして壁に何か変わった場所がないかどうかを探る。硬くて尖《とが》った石の先に指先が引っかかっても、ザラザラした岩の表面に手のひらを傷つけられても、泣き言なんて絶対に言わない。だって、かならずヒントが潜《ひそ》んでるはずだから、絶対に見つけてやるんだ。

「ほら、いっちゃんはじめの入口んとこ、赤と白のしるしの場所。あっこに、スイッチみたいな装置があったやろ。だからこんな感じで、飛び出てる石を引っこ抜いたら――」

ガガガ……ドン！

楓がびっくりして、まん丸に目を見開いている――のが、見えてる！　暗いトンネルの行き詰まりに突然道が現れて――向こう側から、光が射している！

「これ、一枚岩……ここんとこの石抜き取ると、向こうがわに落ちるようになっとったんか……」

この岩の隙間から、水が流れていっていたのか。

「向こう見てみよ！」

俺と楓が勢い良く進もうとすると、学がロープを引っ張って俺たちを止めた。

「ちょっと待って！　水がそんな勢い良く流れてくってことは、高低差があるってことやないん？　その先、坂なのかなんなのか——とにかく、気ぃつけよ！」

「オッケーオッケー！　行こう！」

そして、ずっと暗い場所にいたせいか、まぶしくて——トンネルの先がどうなっているのか、明るすぎてよく見えない。

「あっ！」

「え、なんなん！」

「空！　と——なんなん、これ」

ザアア、と水の激しい音がしているのには、俺も気付いていた。

不思議な、光景だった。

冒険が始まってから、十分に不思議なものをたくさん見てきた気がする。大渦潮や鍾乳洞。それに、仕掛けのある洞穴や池の中のトンネル——それでも、この場所は不思議なんだ。だって俺たちが出てきたトンネルの先は、崖みたいになっていて――空を見上げると、青空。下を見下ろすと――俺たちの足元からだけじゃなく、周りの壁の隙間からも水が落ち、川がドウドウと音を立てて流れている。あの川の先からも光が射していて、エメラルド色の水がちらっと見える。あっちはついに、海なんだ！

それにしてもここは、島のどの部分なんだろう。こんな場所が、島の中にあったのか？どうして島の上からは、この場所が見えないんだろう。

「ここは――もしかして、海賊の秘密の船着き場かもしれんな。潮が満ちてたら隠れてるし、引いてたら入れるような」

「そもそも、同じ島におるん、ウチら？　入ったのはあの島からやけど、よう分からん、違う島におるんやろか？　だって、こんな場所あったら、上から分かるはずやんか」

「もしかして、海の下の道を通って、別の島に出てきたのかもしらんな。これは水軍の、秘密中の秘密の場所かもしれん！」

崖から降りるには、ロッククライミングみたいに岩伝いに下っていくしかない。お互いの腰《こし》に繋いだロープは、ここでも役に立っている。

「こういうの大得意や！　まかせとき」

楓は壁の岩をつかんで重心を確認すると、俺たちに声を掛《か》けた。

「ええか？　こっち、つかんで、足はこっちや。ゆっくりな！」

楓の指示に従って、気をつけて壁を降りていく。

「楓、降りてからはどうするん？」

学が言った。確かに、下には川が勢い良く流れているし——そのままだったら海に流されてしまいそうだ。

「心配すんな！　ホラ、さっき気付いたんやけど、川の向こうに渡れるように、石が並んでる！　あっこをたどっていったら、見てみ、海に出られそうやで」

「ほんとや！　飛び石みたいになっとる」

「もう少しで、足があっこの石に届く。もう少しや！」

楓の足先が、ついに川を渡る石に届いた時だった。

バシャッ！

ロープが引っ張られ、がくん、と身体がバランスを失って俺はもう少しで川に頭から落ちるところだった。

「楓！」

「大丈夫か！」

楓はギリギリのところで、川に落ちることなく壁沿いの岩に踏《ふ》みとどまっていた。

「どうなっとん！　この石、なんか動くんやけど！」

「え？」

「なんか、石ごと滑る、いうか、ひっくり返りそうになる、いうか――なんか、変なよ！」

見とってよ、と楓は言うと、そろり、そろりとゆっくり片足を石に置いた。すると、石は楓の足から逃げようとするみたいに、水の上を横に滑っていこうとする。

「この石――浮いてるだけなん？」

「ほしたら、プールの上をビート板が浮いてるみたいな、そこをサーッと走っていくみたいな、そんな感じ？」

「ボク、絶対ムリや！　そんな忍者《にんじゃ》みたいなこと、できんし」

「違うけん、石が水に浮いてるだけとか、そんなことないわい。なんか、バランスがな、取れんようになっとる感じなんよ」

楓は何度も足先を石に乗っけては浮かせ、どうなってるのか調べている。

「と、いうことは」

俺は、ふと思いついたことを言ってみた。

「なんか、石の裏側に細工がしてあって、一人で乗ってもバランスが取れないようになってるのかな」

あっ、と何かが閃《ひらめ》いた時の顔をして、楓が応えた。

「それよ！　最後のヒント！　人と人が繋がれば！」

そうか！

一人じゃ、この飛び石を渡って向こうがわには行けないんだ！　二人で両側に重心を置いて、進んでいくしかないんだ！

「二人ずつ足を掛けて、石に飛び乗って行こう！」

とにかく、やってみるしかない。

「これやったら――外に、出れる！」

学がガッツポーズした。

「冬樹！　行くで！」

楓は俺を見つめると、ニッ！　と笑った。その顔を見たら、さっきまで怖くて仕方なかった気持ちなんか、全部吹っ飛んじゃったんだ。

「せーの！」

それぞれが石の両端に足を掛けると、石はグラグラ動いたりひっくり返ることもせず
――乗れたんだ！

「せーの！」

俺たちが次の石に進むと、学と愛子も同じように後ろの石に飛び乗った。

「ええか？　落ち着いて、なるべく両端に乗っかるように行こう」

俺たちの乗っている石が流されないのが不思議なほど、水の勢いがすごい。もし落ちたらなんて考えてしまうと――足が震えだしてしまいそうだ。

「大丈夫やけん」

まるで俺の心を読んだみたいに、楓が言った。だから俺もお返しに、絶対大丈夫だよって言い返したんだ。

「せーの！」

ゆっくり、落ち着いて進んでいけば絶対に大丈夫だ。本当は怖いけど、でも、俺たちは一緒にいるから大丈夫なんだ。そう想って、俺は深呼吸する。

「せーの！」

そうやって深呼吸しながら動作を繰り返していたら、もう半分以上進んでいた。さっきの場所からは見えなかったけど、水の上に岩場が続いているのが分かった。きっと、あそこからなら、海に放り出されずにあと少しで外に出られそうだ。もしかして、あの岩場は島の周囲にはり巡らされた犬走りに続いているのかも！　もしここが秘密の船着き場なら、きっとそうなっているはずだ！

「出たら、大山祇《おおやまづみ》神社行って、お礼参りしようや！　鶴姫《つるひめ》さまにもお願いしたんよ、あの時。ウチらを、守ってくれますように、って。お父ちゃんたち、怒るやろな！　でも、宝を見つけたって言うたら、ほらびっくりするけん！」

そう言って、楓が少し笑った。なんだかちょっと恥ずかしそうな感じで、いつもと違って、なんか女の子っぽいように見えた。

よし、もうちょっとだ、頑張ろう！　俺が、そう言おうとした時だった。

「あっ！」

「学ぅ！」

学の声に続いた愛子の鋭《するど》い叫び声が聞こえたと想った瞬間、もう俺と楓は川の中に引き込まれていた。激しい水に乗って、俺たちの身体はまるでオモチャみたいに流されていく。もうすぐ、もう少しで俺たちの冒険は完璧《かんぺき》に終わると想ってたんだ――でも、どこへ流されているのか、この先はどうなるのか、その時の俺たちには、もうこれ以上はまったく分からなかったんだ。

ガボボッ、ゴボッ。

耳の穴、鼻の穴から空気がどんどん漏れていく。目を閉じているのが精一杯《せいいっぱい》だ、激しい水の流れはグルグルと渦になり、俺の身体を引き込んでいく。

洗濯機《せんたくき》に放り込まれたらこんな感じなのかな、と、俺はどこか他人事《ひとごと》のようにそんなことを想っていた。

胸が押しつぶされるような痛みと息苦しさは、さっきまで俺の身体全体を縛《しば》り付けていたはずなのに、今では、少しだけ楽になってきた。

耳の奥で、空気が漏れていく大きな音がした。

何も見えない、音もない、暗闇の中。耳の奥でゴボゴボと水の音が最後に一回だけ響き、消えていった。

そして俺は、何もない世界にいた――ただ浮かんで、泡《あわ》みたいに。身体に力が入らない――。

助けてくれ！

毎日学校へ行く時に神社の階段の下を通るけど、一度も真剣に祈ったことはない。それにあの神社の神さまは、ほんの数か月前に引っ越《こ》してきた俺のことなんか、覚えてないかもしれない。そうしたら俺は、絶体絶命だ。

そうだ、ご先祖さま。ご先祖さまにお祈りしないと！　誰だ、俺のご先祖さまって誰だ！

俺は一体、誰に助けてもらえばいいんだ？　父さん！　母さん！

誰か！　誰か、助けてくれ！

ご先祖さま！　海賊たち！　神さま！　どうか、俺たちを助けて！

苦しい、苦しい、怖い！　誰か誰か、助けて！

鶴姫さま！

次の瞬間《しゅんかん》、全部の音が、消えた。

水の中で自分は目を閉じているはずだと、俺は想っていた。それなのに、俺にはハッキリ見えたんだ。女の人の横顔。楓に似てる気もするけど、もっと大人っぽくて、髪《かみ》の長い、女の人――。水の中のはずなのに、俺はまるで宇宙みたいな真っ暗な場所に浮かんでいて、何も聞こえないし、感じてないのに——でも、見えたんだ。

昔の鎧《よろい》だった。全部が白黒の世界で、本当の感じがしない世界なのに——あの、鎧の蒼《あお》さだけは分かった。ゆっくりこっちを向いて、あの人は俺に笑いかけた。全然怖くなかった、だってすごく安心する笑顔だったんだ——それから、こっちに向かって腕を伸ばした。なぜかあたりまえのような気がして、俺もそっちに手を伸ばすと——あの人は、俺の手を取って、ぎゅっと握《にぎ》ってくれたんだ。

手が繋がった瞬間、俺の耳に音が戻ってきた。

ちりーん。

鈴の音が、長く響く。

ちりーん、ちりーん。

あの人に手を引かれて、俺は歩いていく。どこへ行くのかは、分からない。でも——俺はあの言葉を、想い出していた。

「人と人が繋がれば、生きて帰れし闇の中」

大丈夫、繋がってる。手を引く鎧の人とも、俺は繋がってる。それに、みんな——楓や学や愛子とだって——。そうだった。

あいつら、今も一緒にいるんだ！

俺がそう想った瞬間、ドンっと身体に衝撃を感じてまた何も見えなくなって、苦しさが戻ってきた。苦しい、苦しい助けて！　身体中がそれだけになって、心臓がすごく痛くて、まぶしくて——もう、自分がどこにいるか分からなくなってしまった。

しばらくの間、俺は気を失っていたらしい。レスキューの人に人工呼吸を受けたことも、あとから教えてもらった。ただ覚えてるのは、目を開けたら、母さんの心配そうな顔がすぐ近くにあったたってことだけ。

なんか、身体が動かない。目だけを動かしてみたら、学も、愛子も、みんないた。宇治原先生もいる。これ、夢かな？

「気ぃついた！」

「もう大丈夫やけん！」

「冬樹ぃ！」

俺の名前を叫びながら、母さんが抱《だ》きついてきた。ちょっと息苦しい。強く抱きしめられて俺は、少しだけ安心したんだ。

母さんの身体は、とても温かかったから。

俺は嬉しくて笑おうとしたけど、身体に力が入らない。

「み、みんなは」

声が出るか分からなかった。でも、なんとか小さな、掠《かす》れ声を出すことが出来た。

「大丈夫よ。冬樹、良かった」

そっか、大丈夫だったんだ。

俺は身体を起こそうとしたけど、駄目だ、全然力が入らない。

「無理すんな！」

「大丈夫か？」

島の人たちが――いる。

俺のすぐ横に、楓がいた。俺と同じように砂浜に寝かされて、楓のお母さんに抱きかかえられている。ぐったりして目を閉じていたけれど、俺が楓の方に首をひねったら、同じタイミングでこっちを向いて、目を開けた。

良かった。生きてるんだ。楓が、いたずら坊主みたいな顔でニヤっと笑った。元気そうだ！

誰《だれ》も消えることなく、俺たち、帰って来られたんだ。

母さんが、俺を抱きしめながら泣いてる。熱い涙がポロポロこぼれて、俺の頬に流れてくる。

「龍一君がね、あんたたちを探して——宮本《みやもと》さんを起こしてね、ボートを出して捜《さが》してくれたの。明け方になってから溺《おぼ》れてるところを見つけて——」

母さんはもう涙《なみだ》と鼻水で、それ以上は話せなくなってた。あいつ、龍一——来てくれたんだ。首だけ少し浮かせて、俺は龍一の姿を探した。

「龍一ぃ！　冬樹クン、気ぃついたでぇ！」

愛子の父さんが、大きな声をあげながら龍一と一緒に駆け寄ってきた。

金髪《きんぱつ》の不良が、俺を見て心の底からホッとしたような顔で、笑っていた。そんな龍一を見て、愛子の父さんがポツリとつぶやいた。

「蒼《そう》ちゃんがくれた、命やけん。お前も、大事にせんかい」

龍一はおじさんの方を見て、それから、下を向いてしまった。

楓の両親も、俺の母さんも、みんなが、じっと龍一を見つめている。それから、楓のおじさんが龍一に向かって、こう言った。

「龍ちゃん、蒼太はな、あんたのこと、ホントに好きやったんと想う。そんでな、おじさんとおばさんにとっても、あんたは大事な、大事な子供なんよ。夢をな、あきらめんといて」

腕組みをして俺たちを見ていた、学の父さん――潮音寺《ちょうおんじ》の和尚《おしょう》さんが、続けて言う。

「ほうよ。こんな小さな島で、ウチの子、よその子、ないわい。龍ちゃん、子供らを助けてくれて、ほんとに、ほんとにありがとうな。あんたは、ええ子や」

龍一が、突然ウワーっと叫び声をあげた。顔をグシャグシャにして、赤ちゃんみたいに大声で泣いてる。愛子の母さんが、龍一を抱きしめて背中をさすっている。

「ようやったなあ、心配やったなあ。もう誰も、おらんくなってほしないわいねえ」

俺たち全員が、龍一と一緒に泣いていた。

あとから来た大人たちの中から、突然、太い怒鳴り声があがった。

「何やっとんぞな！」

「こげなバカなことあるかあ！」

「子供のクセに、何をやっとる！」

俺たちを怒ってる――母さんは俺を抱《かか》えながらペコペコ頭を下げて、ただひたすら謝ってる。自分が悪いわけじゃないのに。自分の子供がやったことだからって――。

せっかく戻ってこられたのに、俺の心には黒い雲みたいなモヤモヤが立ち込めて、なんだか悲しい気分になってきた。

「子供らの気持ち、汲《く》んであげてください！」

宇治原先生が、怒っているおじさんたちの前に立って、俺たちをかばってくれた。でも逆に取り囲まれ、怒鳴り声を浴びせられている。

「アンタ、センセのくせになんぞ！　ガキらがこんなして、責任重大やぞ！」

「若造が！」

なんで、俺たちのせいで、大好きな人たちが責められないといけないんだ。すごく、悲しくなったんだ。俺たちが直接怒られた方が、よっぽどマシだって想った。

「こらぁ！　お前ら！」

突然、みんなの声を掻き消すほどに、さらに大きな声で誰かが怒鳴った。

「お前らぁ！　子供にここまでさせとんのは、なんぞあるって、どうして想えんのじゃ！」

龍一だった。その声に驚いたのか、おじさんたちは黙ってしまった。すると、それまで何も言わなかった楓が、普段の元気なあの声とは違う、とてもきれいな、鈴みたいに響く声で、突然話し始めたんだ。

「ご先祖さまは、独りの力で何かをやれ、なんてことは言わない。独りの力は小さいけれど、みんなで力を合わせれば、必ず大きなことを成し遂げられる——そのことを、教えたかった」

確かに、そうだ。

「海の中で、蒼太兄ちゃんに、会った。その時にそう言ってた。それで、これ——くれた」

ジーンズの右ポケットを探り、楓は何かを取り出した。握りしめた手を、目の前にいる龍一に差し出した。

龍一はただ、目を見開いて楓を見つめ、手のひらを上に向けて、楓の手に重ねた。ゆっくりと楓の握りこぶしが開かれていく。ぽとり、と何か小さなものが、龍一の手のひらの上に落とされた。

俺たちみんなが、おじさんたちも、宇治原先生も、学も愛子も、親たちも——その場にいる全員が、龍一と楓を囲んで、それを見ていた。

大きな蒼い石の付いた、金色の輪っか——宝石なのか、あれは。

「これは——」

「た、宝か?」

「まさか」

大人たちが口々に、小声でいろんなことを囁《ささや》きあっている。

また楓が、あの声で言った。

「ウチら、見たんよ。宝、本当にあったんよ」

誰もが口を閉ざし、浜は静まり返った。風の音と、楓の声だけが響いている。

「蒼太兄ちゃん、言うとったけん。宝は、ご先祖さまが子孫たちに残してくれたもの。あの宝は、島の未来やけん。ウチら子供の、未来なんよ」

楓は身体を起こし、自分を取り囲む大人たちをぐるりと見渡し、それから言った。

「みんな、お願い。宝を、探そう。エメラルド・リゾートなんかに渡すな！　宝は、ウチらの未来や！」

その時だった――。そこにいた人全員が、同じ夢を見るなんてこと、あると想う？　俺たち、はっきり見たんだ。

楓と重なるようにして、別の女の人がふわりと微笑《ほほえ》んでいたのを。真っ黒に輝《かがや》く髪をなびかせ、昔の着物みたいのを着て、鎧を着けた女の人。

大きくて輝く瞳《ひとみ》が、楓によく似てる。美人なのに、笑い顔がいたずらっ子みたいでさ。そこも、楓にそっくりだったんだ。

「みんなで、力を合わせよう！」

大人の女の人みたいな、きれいだけど深いその声は、まるで海を渡る風の音みたいにも聞こえた。その言葉は俺たちの耳からスルリと身体の内部に入り込み、遠い昔の想い出みたいに、懐《なつ》かしくて嬉しい感じを呼び起こしたんだ。

楓の父さんが、大声で応えた。

「力を、合わせよう！」

学の父さんも、愛子の父さんも、龍一も、叫んだ。

「おう、やったる！」

「頑張ろう！」

「おう！」

浜にいる大人たちの間で、ひとつ、またひとつと声があがる。

「おう！」

「おう！」

その声はだんだんと増えていき、声のうねりが大きくなっていき、やがては、ひとつになる。

「おーーう！」

楓が、立ち上がって叫んだ。

「水軍の、ご先祖さまの宝を、今こそ頂《いただ》くぞ!」

その鈴みたいな声に応えて、浜にいる大人たちがみんな、一斉に声をあげた。

「おーーう!」

それはまるで、自分達の姫《ひめ》の声に応える、勇敢《ゆうかん》な海賊たちの勇ましい声みたいに聞こえたんだ。


浜辺の向こうから、大人が一人、こっちに駆け寄ってくる。

懐かしい感じがする、白いポロシャツを着て、グレーのズボンをはいた男の人。おでこが広くて、それを気にしてることを俺は知ってる。

「おーい!」

こっちに向かって走りながら、めちゃくちゃに手を振り回した。

「冬樹ぃー!」

父さんだ! 来てくれたんだ!

母さんが俺をまた、ギュっと抱きしめた。

「冬樹がね、大変なのって電話して——ちょうど出張で大阪《おおさか》にいてね、すぐに行くって車を走らせてきたの、あの人」

俺は父さんに会えるのが嬉しくて、母さんに「ありがとう」と言った。声が出るのか自信なかったから、聞こえるか分からなかったけど——そうしたら母さんは、ボロボロ涙をこぼして、ゴメンね、って何度も謝ってるんだ。

謝ることなんて、何もないのに。

俺はただ、父さんに会えて最高に嬉しい、ってだけだよ。

「冬樹！」

父さんは何度も砂に足を取られて転びそうになりながら、こっちに向かって走ってくる。

「父さん！」

のどがちぎれるかと想うほど、俺は力を振り絞って大声を出した。

父さん、来てくれた！

突然、安心して俺の全身からは力が抜けていった。身体を起こしていられない、そうだ、すごく疲れているんだ、全身ビショ濡れで、寒くて——でも、父さんがいたら、大丈夫だ。母さんじゃ俺を抱えられないけど、父さんなら。父さんに、話したいことがたくさんあるんだ。

島のこと、仲間のこと、それから冒険のこと——全部。

俺はゆっくりと目を閉じる。きっと少しだけ、笑っているんだと想う。

だって、今すごく嬉しいんだ。ちゃんと戻ってこられたこと――誰も失わずに、みんながちゃんと、帰ってこられた。

「よくやったな。ゆっくり休め、冬樹」

優しい声がした。それを聞いたら急に眠くなって、俺はゆっくりと、目を閉じた。

エピローグ

俺《おれ》たちは、本当にあぶないところだった。

でも龍一《りゅういち》がずっと俺たちを捜《さが》していた。自分の家のボートが一艘《そう》なくなっていたから、宮本《みやもと》のおじさんを起こして島の反対側からボートを出してもらい、ずっと俺たちを捜《さが》していた。それで、溺《おぼ》れた俺たちを引き上げてくれた。腰《こし》に巻いたロープはほどけてなかった――ちゃんと、みんなで一緒《いっしょ》に戻《もど》ってこられたんだ。

あのあと、島の大人たち――、それから自衛隊のダイバーが加わって、あの無人島が捜《そう》索《さく》された。でも洞穴《ほらあな》への入口は、まだ見つかってない。それに――消えた中学生、蒼太《そうた》さんについては、何も分かっていない。

それでも、宝のことを疑う人はもういない。少なくとも、この島にはね。

楓《かえで》が持ってた金色の輪っか、イヤリングは、蒼《あお》い宝石が付いていて、本物の金で出来ていた。日本で作られたものではなくて、どこか外国からやってきたものだっていうのが、大学のえらい先生が調査して分かったそうだ。

もしかして、水軍のお姫《ひめ》さまの宝物だったかもしれないな、あのイヤリング。


俺達は、中学生になった。

予定通り、学《まなぶ》は広島の学校に通っている。愛子《あいこ》も広島の私立の女子校を受けて、中高一貫の学校だから寮《りょう》に入っている。休みの日には、学と一緒に広島から戻ってくることもある。

楓と俺は、神島《かみじま》の中学にそのまま進んだ。楓は相変わらず、宝探しのことばっかり考えている。

エメラルド・リゾートの計画については、まだ中止になってない。でも、もう半分あきらめていた人たちも、反対運動に加わるようになってきた。それに、俺たちの宝探しのことが新聞に載《の》って以来、この島を訪れる人たちも少しずつ増えてきた。

これじゃ冒険《ぼうけん》の前から、何も変わってないって想うだろ？　でもさ、そんなことないんだ。俺たち、何があっても絶対に、島に戻ってこようって決めた。ここは俺たちの島だから。大きな会社に勝つことが出来るかどうかも、分からない。でも、何年かかっても、どんなに無理だって言われても、絶対に故郷をなくさない。絶対に、島を守るんだって決心した。

あのイヤリングは、俺たち四人の宝にすることにした。島のために必要になったら、あれを使おうって決めてるんだ。今、それがどこにあるかは秘密だけど。

あれ以来、俺は父さんとよく電話で喋《しゃべ》っているし、母さんもよく笑うようになって、ずいぶん元気になったんだ。俺はもう、あんまり二人のことについて心配しないんだ。だって、父さんと母さんの間に何があっても、俺の父さんが父さんで、母さんが母さんであることは絶対に変わらないって、ちゃんと分かったから。

父さんも母さんも、もっと先は東京で進学しないかって言ってくる。それも、悪くないのかも。だって俺、もっといろんな場所に行ってみたいんだ。東京の友達にも、この島がどんなにカッコいいか教えたいんだ。

小学校の担任だった宇治原《うじはら》先生には、中学に上がってもたまに会いにいって、話を聞いてもらっている。先生は優しくて、会うと元気が出るんだ。

俺さ、将来、建築家になろうかなって想ってる。この島に住んでるじいちゃん、ばあちゃんたちが安心して暮らせて、俺たちみたいな子供が最高にワクワク出来る、未来の鈴鳴《すずなり》島《じま》。

蒼太さんが果たせなかったことを——俺が代わりにできたら。すごいと想わない？

ずっと生まれ育ったわけでもないし、まだ東京の方が住んでた期間は長い。けどさ、違《ちが》うんだ。特別なんだ、この島って。俺、この島が大好きになったんだ、海賊《かいぞく》の子孫たちが住んでる、この小さな島が。誰《だれ》に言われなくても、自分で決めた。ここが俺の故郷、仲間たちがいる場所だ。

大好きな場所のために、未来を自分の手で変える。だって、人から人へと想いを受け継《つ》ぎながら、俺たちは想いを、願いを、リレーしているから。


ねえ、想わない？

世界って広すぎてさ、大きくてさ、俺たち子供って、全然何も出来ないくらいに小さいんだ。

でも、それでも。信じたいんだ。子供だって、俺たちだって、この世界のために何か出来るってことを。


俺たちの冒険は、まだ終わらない！

著者　黒田 晶（くろだ・あきら）

作家。1977年生まれ。千葉県出身。明治学院大学文学部芸術学科中退、英国ユニバーシティ・オブ・ブライトンに留学。2000年『YOU LOVE US』（後『メイド イン ジャパン』に改題）で第37回文藝賞を受賞。2003年には『世界がはじまる朝』が第16回三島由紀夫賞候補となる。現在、沖縄県在住。

原案　大森研一（おおもり・けんいち）

映画監督・映像作家・脚本家。1975年生まれ。愛媛県出身。大阪芸術大学卒業。映画を中心に、映像制作全般における企画から脚本・演出・編集、また小説の連載等の執筆活動など、幅広く手掛ける。主な作品に『ライトノベルの楽しい書き方』（監督・脚本）、『ジェンガ』（監督・脚本）など。本作の原案となった映画『瀬戸内海賊物語』（監督・脚本・原案）は「瀬戸内国際こども映画祭2011」においてエンジェルロード脚本賞グランプリを受賞。その他、国内映画祭での受賞歴多数。

瀬《せ》戸《と》内《うち》海賊《かいぞく》物語《ものがたり》　ぼくらの宝《たから》を探《さが》せ！

2014年4月16日　初版第1刷

著　者　黒田 晶
原　案　大森研一

装　画　Naffy
装　幀　成見紀子

発行者　松浦一浩
発行所　株式会社 静山社
〒102-0073　東京都千代田区九段北1-15-15
電話 03-5210-7221

印刷・製本所　中央精版印刷株式会社

Published by Say-zan-sha Publications Ltd.
Printed in Japan. ISBN 978-4-86389-276-7